ちくま文庫

歪み真珠

山尾悠子

筑摩書房

歪み真珠

歪み真珠

目次

ゴルゴンゾーラ大王あるいは草の冠

誉れも高きゴルゴンゾーラ大王、蛙たちの王は、近年になって臣民の苦難を伝え聞くことが多く、苦慮のうちにあった。原因不明の奇病によって食欲をうしない、しだいに呼吸も苦しくなって、痩せ細った青白い腹を天に曝して動けなくなる蛙たちの噂は海外から聞こえていたが、今やかれの膝元の国土にも奇病は侵攻しつつあったのだ。これはまさしく蛙王朝の歴史にも例を見ない事態であると言わねばならなかった。

「この夏の天地を満たすべきわれらが愛の合唱も、各地でめっきりその数を減らしておりますぞ、大王」

「水中に卵を産み出す雌たちもなりを潜め、わずかに生まれるおたまじゃくしも口辺に奇形を生じているものがあるとやら」

今宵にいたって臣下たちの報告は火急を告げていた。ゴルゴンゾーラ大王、瑠璃の宮殿を統べる蛙たちの王は滑石《なめ》の階段を降り、足取りも重く庭園の水辺をさまよった。じじんも連日の見回りで疲労困憊していたのだ。いつもなら蓮の茎を捧げて従う青蛙の侍従も今日は姿がなく、池のおもてを飛び交う蜻蛉の影さえ気のせいか元気がない。と、怪しげな蛍火をまつわらせながら前方より近づいてきたのは、言わずと知れた隣国の蛇の女王だった。

その日の気分でメリュジーヌ、エスメラルダ、クラリモンドなどと名のりを変える蛇の女王は、今夜は黒と紫の宝冠に蜘蛛の巣のチュールをあしらい、鱗に覆われた肌に食い込む黒レースのガーターベルトなども見せつけて、ひときわ妖しくあでやかにみえた。

「おお、そのように顎を外すのはやめにしていただけまいか」

蛙の王は嫌悪に満ちて顔をしかめた。

「ほほほ、このわたくしの愛を知らぬうちは、蛙の王を名のるにはまだ早い、尻の青い若僧だと言わねばなるまいね」女王は艶然と嗤った。「おや、青っ面《つら》はもとよりか。瑠璃の池より出でたる根っからの道化どの。炙った鯣《するめ》に釣られて泣きを見るのがせいぜいだねえ。ふふふ、でも愛してあげる。詩にも詠われているように、おまえのその冷たい肌とわたくしの肌に草の汁をなすりあい、きりきりと絞めつける遊びをまだ知らぬうちは――」

「顎。顎がまだ、嵌まっておりませんぞ。お静かに」

ゴルゴンゾーラ大王は吸盤のある手で遮った。この文学趣味のある蛇の女王は昔から苦手だったのだ。

「おや、他でもないこのわたくしにその言い草とは。ことば遊びの戯れごとはさておいて、今宵は助力を申し出るつもりでおりましたのに」

「われらが同胞たちを丸呑みにするご趣味を控えてくださるのが、何よりの助力かと。――いやしかし、いつもに似ないそのご様子。真意をお聞かせ願えましょうか」

「ほら、奇病のことですよ」

女王は縦長の蛇の瞳をきらりと光らせた。

「それはまた何と」

「さてさて、青っ面に水をかけられてもけろけろ声の隣人どの。蠅を咥えて大股びらきのそなたたちを丸呑みにするわれらが愛は、われらだけのものではない。さらに隣国の鷺や鼬《イタチ》、狸、山猫たちのものでもある。そのことは先刻ご承知でありましょう。鳥、けものたちの皆が皆、我がことのように心配していると大王はお気づきにはなりませんか。我欲のみの心配では決してないと、どうかお考え下さいましね。鱗や羽根、毛皮の者たちが無事であるのに、そなたたちのぬめぬめとした皮膚だけが奇病に襲われて灰いろに煤け、呼吸を詰まらせていくのは何事かと」

「よもやそのようなご厚情を受けようとは」

ゴルゴンゾーラ大王は覚えず声をつまらせた。眠れぬ夜がつづき、気も弱っていたところだったのだ。「――羽虫を食べていのちの限りに喉声を膨らませ、水辺の天地を頌《ほ》めうたで満たすことだけがわれらの仕事。特に選んで天罰を下されるような覚えはもとよりなしと、断言せねばなりません。あるいはねばつく肌を持つこの身の醜さ、喉声の煩さが天の意に適わぬというならば、最初から生まれなければよかったものを。いかなる罪を贖えばよいものやら皆目見当もつかず、途方に暮れるばかりの今日この頃――先ほど助力と仰せられましたが、もしや考えでもおありか、女王」

「それを申しに今日はわざわざ参りましたの」蛇の女王は身を乗り出した。「夢見の丘で託宣を受けられよ」

「――おお、」

考えが腑に落ちてから、ようやく大王は声を漏らした。そのことに今まで思い至らず、のみならず側近たちのひとりとして助言を思いつく者がなかったことも考え合わせれば、蛙王国全体の重大な手落ち、力不足と言わねばならなかった。

「女王、ありがたい。礼はいずれ改めて」

燐光をまつわらせる蛇の女王を瑠璃の池の端《はた》に置き去りにして、宮殿に急ぎ立ち戻った大王は取るものもとりあえず身を清めると、その夜のうちに夢見の丘へと向かった。

夢見の丘は影踏みの谷の奥、月指しの山の麓にあり、丘の頂上にある犠牲の岩に横たわって眠れば神託を受けることができる。古来より多くの王や女王、王子や姫や名もない庶民に至るまで、心願をもつ者たちがこの場で眠りにつき、夢のなかで声を聞くか、あるいは邪心ある者ならばそのまま絶命して果てたのだった。万事からりと明るい洋風好みのゴルゴンゾーラ大王にとって、このあたりの陰気な土地柄には何がなし気の滅入るものがあり、樹々の影絵の網目模様を踏んで歩くことすら薄気味わるく思われたが、危急存亡のときに当たって選り好みができよう筈もない。崩れ放題の崖道を危うくたどってようやく一枚岩のうえに立つと、大王は襞襟つきのマントを広げて横たわり、折しも天心に近く皓々と照る月に心願を込めながら眠りについたのだった。

ほどなく夢にあらわれたのは、くるくると回転するもの——よく見ればそれは一個の壺だった。

回転する壺はあちらと思えばこちらに、いっそ小気味よいまでに夢の虚空を縦横に飛び跳ね、目まぐるしく回転しつつ高らかに嘲笑っていた。耳障りなけたたましい嗤い声は、壺の頭頂部に丸くつきでた口から湧き出すらしく、ひくひくと横腹まで波打たせながら、悪意に満ちた壺は堪えきれぬふうにまた激しく回転するのだった。

「壺の口を閉じよ」

ただならぬ声が大王の頭上から鋭く命じたのはそのときだった。と同時に、大王はやんやと囃したてる祭囃子にも似た合唱の真っただなかにいるじぶんに気づいた。

世に悪しき壺ありて、口中に毒あり。

壺は口を開きて嘲笑い、毒を吐く。
悪しき壺の、憎さも憎さよ。
閉ざせ、毒吐きて嘲笑う壺の口。
壺の口を閉じよ、閉じよ。

壺は囃したてる声を聞くのか聞かないのか、ふてぶてしい流し眼でこちらの顔いろを窺う様子さえ見せながら、ひときわ激しく飛び跳ねた。見ているだけでも眼が回りそうで、回転しつづけるその口を捕えて塞ぐことなどとてもできない相談だと、大王は気が遠くなるのを覚えた。閉じよ閉じよと畳みかける囃し声が鉄板のように耳を塞ぎ、呼吸さえ苦しくなって、そして蛙たちの王は水掻きのある四肢でむなしく足掻きながら混迷の淵に沈んでいった。——

まさかほんとうに絶滅することはあるまいと思われた両生類がいともたやすく地上から消え去ってのち、荒れ果てた瑠璃の宮殿にひとりの弔問客がやってきた。黒い喪のヴェールで顔を覆った蛇の女王は、あちらこちらと捜したすえに裏手の丘にたつ真新しい小塚を見つけ出すと、そのまえで凝然とくびを垂れた。

「王国の壺という壺の口を、すべて泥土で塞いだおまえの働きはみごとなものでしたよ、大王」

供養の品を土盛りのうえに供えながら、女王は言うのだった。

ことの次第、真実はこのようだった。ツボカビ――後方に一本の鞭毛を持つ丸いカビの遊走細胞が、蛙たちの皮膚をおおうケラチン質に感染し、カエルツボカビ症として発症していたのだ。このカビの菌が増殖するとき、細胞のそれぞれが壺のようなかたちに口を開き、新たな鞭毛つきの遊走子をどっとばかりに放出する。そのかたち故にツボカビと名づけられたもの、これこそが三畳紀に始祖を発する蛙たちの長い長い系統樹の枝先をほぼ一瞬にして消滅せしめたのだった。

熱には弱く、また耐性を持つ両生類も多いことから、群生および個体のすべてを絶滅させるまでには至らない筈だったカビが変異し、暴走をはじめたのはちょうど蛙の王が夢見の丘で託宣を受けた頃だったか――、大王の号令のもと、王国の壺という壺は泥土で口を塞がれた。瑠璃や瑪瑙や大理石の壺、素焼きの壺、雪花石膏《アラバスター》の壺、陶磁器の壺、錫の壺、木工や漆器の壺、硝子の壺、金銀細工の壺、塩壺茶壺痰壺泪壺、粗末なものから宝飾品に至るまで、あらゆる壺が網羅された。感染症のキャリアとなってからのちも、ゴルゴンゾーラ大王の獅子奮迅孤軍奮闘の戦いはつづいたが、虚空でくるくると回転しながら哄笑する壺を取り押さえることはできなかったのだ。

「さびしいねえ。さびしいよ」

蛇の女王はヴェールの陰にとぐろを巻きつつ言った。土を盛った蛙の王の墓に彼女が供えたのは、はらはらと夜露をまとう草の冠だった。みどりの草の葉を束ねて輪にしただけの、小さな冠。

夜空には追悼のように星が流れた。

「罪なく他愛ないものこそが選ばれて滅びた。最後のいっぴきの宝石のような雨蛙が小さなため息をもらして眼を閉じて以来、この惑星《ほし》もずいぶんさびしくなったよ。勇敢な道化どの、草の冠をあたまに戴いて生まれたのはわれらいのちあるもののすべて。われらの誤謬はそなたたちに等しく、そなたたちの誤謬は無駄なものでは決してないのだ」——

美神の通過

エティンと呼ばれる荒れ野に美神《ヴィーナス》が降臨するという噂は、もっぱら乙女たちのあいだで熱心に取り沙汰された。噂の大きさ根強さといっては、周辺の土地にこれほどの数の乙女たちが存在することにひとびとが改めて気づかされることになったほどだ。家事の手伝いや技芸の習得といった、乙女としての修行をなおざりにすることで噂ばなしの楽しみを咎められるような下手こそ打たなかったものの、あらゆる余暇を利用して乙女たちはひそひそと語り合った。なにしろ相手は女神、しかも美神《ヴィーナス》である。それまで夢中になっていた町の伊達男の噂など一顧だにされず、もはや用済み、顔色なしの体であった。割を食った男たちはどうしたかといえば、老若を問わず噂など聞こえぬふうを装っていた。荒れ野などという用もない場所をうっかりうろついて妙なものを見てしまった日には、眼は腐って臭い汁を垂らすことになるわ、角枝あたまの鹿に変身させられて猟犬に八つ裂きにされる羽目になるわといった不幸な結果が容易に想像されたからだ。もっと愛想のよい女神ならば四辻にも酒場にもいるではないか、そういう訳で、ましてや噂に耳を貸すことがすなわち冒険心の欠如を指摘されることにつながるのでは面白かろう筈もなく、したがって以降のこのはなしに男たちの影はほとんど射さない。

エティン荒れ野はこれといって面白みのない不毛の土地で、わずかばかりの起伏をともなう荒れた丘陵がどこまでも単調につづくのみである。何かの謂われやゆかりがある訳でもなく、このように退屈な土地をわざわざ選んで女神が降臨するのはいったい何故なのかと、誰もが不審に思うのは当然のことだった。この件についても乙女たちは熱心に語り合い、導き出された結論はこうだった。降臨中の女神が移動するにあたって、平坦な土地柄は必要不可欠なものである。何故なら、ゆったりと腰掛けたすがたの女神は大理石の台座に乗っていて——と噂はいうのだった——そしてその台座とやらは、四隅に位置する大理石の翼のはたらきで地面に近い空中を水平移動していくらしいのだが、何やら腑に落ちない点はさておいて、試みにこの光景を想像してみるならば——想像できるなら、の話だが——なるほどエティン荒れ野ほど具合のよい地形はほかにはあるまいと一応は納得されるのだった。

女神に捧げる花籠を手に、乙女たちは数人ずつの連れをつくっては荒れ野を訪れた。ひとりで行くほどの蛮勇を持ち合わせるものはいなかった。荒れ野へ行くときの心得として、服装は華美なものを避け、機織りやパン種つくりなどの折に身につける清潔な普段着がよしとされた。ただし、女神との遭遇を願うあかしとして髪に花を飾ることは許されたので、その色や種類について乙女たちはほとんど過剰なほどの熱意をもって検討しあった。じぶんに似合うものを選びたいとする意見は、女神の好みを優先するべきだという意見に不承不承席を譲ったが、しかしそもそも女神の好みなどどうして推し量れようか。情報が必要だった。という訳で、隣町の乙女某は黄色い水仙を髪に挿していて女神に出会ったと噂が流れれば、たちまちあたり一帯の庭先から黄色の水仙が消え失せた。次にすべてのミモザが毟り取られ、アイリスが壊滅し、また素朴な野ばらが持てはやされたかと思えば、可憐な勿忘草《わすれなぐさ》が圧倒的な支持を得たこともあった。芍薬や罌粟のように花弁の多いものは、あまりに驕慢ではなかろうかというので人気がなかった。女神に捧げる花籠の中身についても同様で、この捧げものの花々はむろんのこと畏れ多い相手に直接手渡すものではなく、その通過を賛美して盛大に撒き散らす手筈なのだった。

美神《ヴィーナス》の通過！

と、乙女たちは熱に浮かされたように恍惚として考えた。女神というだけでもすでに驚異なのに、しかも美神《ヴィーナス》！

気絶してしまうかも、と乙女たちは密かに思い、実際に女神の通過をひとめ見ただけで失神して倒れたそうだという同輩のはなしがひときわ大きく取り沙汰された。この沙汰には妬みがともない、噂の主にぜひとも会って顔を見てやりましょうと頷きあう乙女も多く、乙女何某の居場所は伝聞を逆にたどるかたちで熱心に探索された。当人だと肯定する者は結局のところ見つからなかったが。すべての噂はつねに又聞きかあるいは又聞きの又聞きであり、実際に噂の主に会ったという乙女はなかなかいなかった。そして今日こそはと期待に満ちてエティンへ繰り出すうちに、妙な雲ばかりが多い荒れ野の単調さにも飽きがきて、そのうちいろいろと疑問が生まれてきたのも無理からぬことではあった。――噂がほんとうだとして、女神は何を目的としてこの場所を通過するのか。何の目的もなくただ通過するだけのような気がするのは気のせいだろうか。そしてついにひとりの乙女がこう言い出したのだった。そもそもその女神が他ならぬ美神《ヴィーナス》だと、どうしてわかったのか？　女神がみずから名乗られたわけでもあるまいし、と。

　ひとめ見ればおのずとわかる筈では、とここで男たちが茶々を入れ、結果としてのちの混乱をまねくことになった。揶揄を受けて興奮した一部の乙女たちが荒れ野に居座り、女神の降臨を見るまでは帰らないと言い出したのだ。事がここに及んで、ついに保護者であるおとなの女たちも乗り出してきた。辟易した男たちは酒場に引きこもり、こうしてエティン荒れ野は老婆から幼い少女にいたるまでの女たちが右往左往するという時ならぬ賑わいを見せることになった。幼女たちは町に置き去りにするわけにもいかず連れてこられたのだが、幼いなりにみずから野花を髪に飾っている様子はやはり女だった。

　陽射しを遮るものもない荒れ野は日中には暑くなった。大気の温度はじりじりと上昇し、埃っぽくなった衣類の陰で女たちの肌は汗ばんだ。萎れた花々を髪に纏わらせたまま、乙女たちは声高に女神を呼ばわっては急に駆けだしていき、また一方で疲れて座り込む者もあった。説得や介抱のために年配の女たちがその周囲を取りかこみ、こうしたかれらの動きが次第に湧き水のある野原へと集結してきたのは自然ななりゆきだったと言えた。時刻はすでに正午に近かった。疲労と空腹を覚えた女たちは三々五々と水に浸した布で顔をぬぐい、また首筋を冷やしたりしていたが、そのうちひとりがまったく唐突に指差して叫んだ。女神、と。

あとになって女たちが思い返した記憶によれば、恐慌にかられて咄嗟に身をよじった乙女たちのあたま越しにそれは出現したのだった。そのときにわかに荒れ野の空に湧き出した大量の雲のこと、倒れながら見上げたその空の一角に女神のすがたが捉えられていたこと、水しぶきをあげて池に倒れ込んだじぶんが叫びながらもがいていたことなどを思い出すにつけても、ゆるい起伏を持つだけの野原で誰もその接近に気づかなかったことに不審の念はつのるのだったが、だからこそその唐突な出現ぶりは何かの災厄のようだったと言えなくもなかった。何よりも、いきなり急接近してきた大理石の台座にあたまを打たれそうになった乙女たち女たちが叫びながら逃げ出したため、その場の混乱はいっそう規模を増した。

この阿鼻叫喚のさなかにあって、台座上の女神の顔を仰ぎ見ようとする行為は反射的なものに過ぎなかったし、またそれが可能だった者にとってもほんの一瞬だけのことだった。しかもそれが限りなく真下からに近い角度だったことは、状況から考えてもいたし方のないことだったのである。見開かれた切れ長のふたかわ瞼を縁取る逆毛のようなまつ毛、尖った鼻の穴、くちびるの線の扇情的に誇張されたうねり、力強く左右に張ったえら、威厳に満ちた下顎の裏側のふくらみ——記憶に残る映像はおよそそのようなものであり、しかも荒れ野の雲だらけの空を背景として逆光に食われたそれらの印象が美しいかどうかなどと考えるいとまはそのときまったくなかった。

唐突にすっぽりと重苦しい影に呑み込まれて、女たちと乙女たちは倒れた姿勢のまま薄目をあけて互いの汗と泥にまみれた顔を認めた。陽射しを遮りながら圧《の》しかかるように進んできたのはもちろん台座の大理石製の裏面であって、下敷きになるという恐怖とともにかれらが轟々と唸るような空気の振動を感じたというのはこのときのことだった。何故か耳が詰まってますます動転惑乱した者も多く、したがって噂の大理石の翼が裏側からでも見えたこと、ぎごちない動きながらそれらがたしかに動いていたことなどに気づいた者はごくわずかに過ぎなかった。ひとの並足ほどの速度で女神の乗り物はすぐに通り過ぎていき、起き上がって手を伸ばせば滑らかな石の感触や振動の有無を確かめることもできた筈だったが、かれらがそのことを思いついたのはずっとあとになってからのことだった。

離れた場所、別の角度から目撃していた者たちの眼には、事態はまったく違ったふうに見えた筈だった。事実そうではあったのだが——、水辺に倒れ込んだり抱き合ったりする者たちのほとんどが顔をそむけるか、あるいは手で顔を覆ったりしていたため、その証言はやはりまちまちで断片的なものでしかなかった。女神のサイズはにんげんの等身大よりもかなり大きかったようだと言う者があり、普通程度だったと反対する者がいた。ゆったりと両脚をまえに投げ出すかたちに座った女神は裸身だったと断言する者があり、またそのはだか身はどう見ても台座と同じ大理石でできているようにしか見えなかったと心もとなげに洩らす者もあった。不思議なことに女神の後ろ姿を見たという者はただのひとりも見つからず、それがいつどのようにしてその場を退場していったのか誰も記憶していないのだった。要はその女神が美神ではないと証言できる者などどこにもいなかったのである。台座上の美神《ヴィーナス》が石のように無感動に、意味もなくただ通過していったという点においてのみ全員の印象は一致していた。

エティン荒れ野はその後ながくひとの行かない場所として忘れ去られた。今では時おり若々しい乙女たちが花を持ってやってくることがある。いつかの折に、おとなの女たちから放り出されて涙で汚れた顔のまま女神の通過をじっと見ていた幼女たちが成長したのだ。——あれが美神《ヴィーナス》であったにせよなかったにせよ、と乙女たちは思うのだった。その大理石でできた眼がひとみを持たないために女神は何も見ない。じぶんの裸身を意識することも、畏怖や賞賛を顧みることもない。それだけで何の不足もなく、充分ではないのか？　一瞬の通過が一瞬であったがために、その通過は記憶のなかで永遠につづくのだ。……

Burne-Jones THE PASSING OF VENUS のイメージによる

娼婦たち、人魚でいっぱいの海

◈貪欲な海の齢《よわい》は陸地の死火山の峰々と競い合うように古く、船ばかりか幾つもの古代都市をその底に沈めていると言われた。それはまたこのようにも言われた——死火山の麓である傾斜した土地を海の水は這い登り、ひとびとの眠る建物や街路をねばつく泡でもって覆いつくし、しかるのちに引き潮の勢いを借りてはるか沖合いまで運び去ったのであると。あるいは反対に土地の傾斜じたいが微妙な隆起と蠕動を繰り返し、地表の邪魔物をさりげなく海に掃い落としたのだとも言われ、ともあれこのような地誌を持つ場所で、海辺の娼館通りがなかば海水に浸されながらもほそぼそと生き長らえてきた理由は誰にもわからないのだった。

◈北極星に導かれ夜の潮流を辿る船乗りたちは、星空の行く手に驚くべき高さで聳える死火山の稜線を見出すたび何故かそこはかとない憂悶に沈むのだった。闇に沈んだ裾野の一箇所に賑やかな光の集積があり、近づくにつれてそれは桟橋に並ぶ提灯や窓明かりと知れるのだったが、歓楽の約束されたその場所でかれらを出迎える女たちの動作はぎごちなく、濃い化粧で隈取られた眼は熱っぽくぎらついているものの、その手は夜の海水のように冷たいのだった。おそろしく多国籍にわたるあらゆる年代のがらくた類で溢れかえった娼館に導かれ、そこで一夜を過ごした船乗りたちは昔からさまざまな風説を仲間に伝えてきた。たとえば船乗りの曾祖父から聞いていた左頬に刀傷のある女を敵娼《あいかた》に迎えた男の話――頬の刀傷だけでなく、左利きで名前まで一致したというのだ――あるいは、子供のころ火事で失われた家の喇叭式蓄音機や家族写真や懐かしい玩具類など、一式すべてが集められた部屋で夜を過ごした男の話――泣き咽ぶ男の頭を膝に載せた若い娼婦は、かれの記憶にある唄を口ずさんだ――そのような噂に惹かれて、北極星の真下にある死火山をめざす船は多かったが、賑やかな提灯の列と窓明かりがいつでも見つかるとは限らず、舳先の探照燈が照らし出した海岸に朽ち崩れた桟橋と無人の廃屋のひと並びを見たと証言する者も折々にはいた。

◈海霧に閉ざされた夜明けまえ、娼館通りから出航する船の乗員たちはことさらに足音を忍ばせ、桟橋の踏み板を軋ませることすら気遣いながらそそくさと舫綱《もやい》を解いた。遠ざかっていく霧の奥手に屋根屋根の輪郭が溶けて見えなくなっても緊張は去らず、やがて最初の岬を回る頃合いになってようやく互いの顔を見合わせることができるのだったが、さて昨晩の戦果の自慢ばなし、あるいはどの家でも帳場に座る女将が深夜早朝であろうと席を外していたためしがないなどといった軽口を叩きながらも、改めてかれらは昨夜来の恐怖を思い出すのだった。女たちのぎごちない動きは、柩から起き出してきたばかりの死者のそれではなかったのか。奥まった部屋の褥《しとね》に埋もれて最後までいちども目覚めることのなかった女は何者だったのか、などと。

しかし朝寝を決め込んで遅く出立する船の乗員が伝えるところによれば、霧が晴れた娼館通りには平凡な朝の陽光が満ちわたり、どこかで鶏が鳴き裏庭では犬が煩く吠えたてた。眠り癖のある娼婦たちも空腹には勝てずに起き出してくるし、また数世紀まえからの上がり金を溜め込んでいると噂される女将たちにしても、帳場を閉じれば案外活発な足取りで朝の散歩に出かけるのだった。澱んだ夢を吹き取らす潮風が桟橋の提灯をはためかせ、賄い婦が海に残飯を投げるのを男たちは出船の甲板から眺めることがあった。

◈残飯に群れる人魚を見た、と証言する者はこれも昔から折々にいたが、前夜の深酒が祟っての幻覚か、または単に水浴する女たちを見ただけだろうと否定されるのが面倒で口外を避ける者が多いのは当然と言うべきことだった。

◈海辺の娼館にはそれぞれ名前があった。海の劇場座、酩酊船、灰色海豹亭、女王海星の館、柄杓と北極星亭といった具合に。馴染み客の船乗りがいつもの家を訪れてみると、女将を始めとして女たちのすべてが知らない顔に変わっていることがあり、有耶無耶のうちに柔らかい腕に絡めとられて奥へと連れ去られるのが落ちではあったが、理由はもちろんあるのだった。強欲な女将たちがこのときだけ我を忘れて熱中するカード賭博の形として、互いの館を奪ったり奪われたりするうちに、住み替えのもたらす意外な闊達さ、と言うよりどうやら固定した名前を持たないことの自由を覚えたようなのだった。もちろん彼女たちは屋号をじぶんの名にしていたのだ。灰色海豹亭の女将は昨日までの酩酊船の女将だったが、明日は海百合亭か煉獄荘の女将になっているかもしれず、あるいは誰でもない誰かになっているかもしれない明後日を夢想しながら、女将たちは互いにもはやほとんど見分けのつかなくなった賭場の顔ぶれを見渡すのだった。

◈海の劇場座は娼館通りのほぼ中央に位置してもっとも古い歴史を誇り、その名のとおり女たちによる活人画の舞台を売り物にしていた。海に面したサロンの奥手でするすると幕が片寄せられると、そこには素人画家が描いた稚拙な色使いの雲と虹と湾の背景があって、いつもは紐編み式コルセットや提灯型ズロースなどで装う娼婦たちが素人芝居の扮装を凝らしてポーズを取っているという趣向なのだった。海の泡から生まれたばかりの美神《ヴィーナス》に衣を捧げるニンフたち、怒れる海神《ポセイドン》と犠牲の乙女たちといったごくありきたりの演目が多いのだが、特別の秘密興行を見たことがあるという船乗りたちの噂は周期的に根強く囁かれていた。曰く、人魚殺しと。

興行の演目はそのような題だった、というだけで詳細ははっきりせず、聞き手の男たちとしては残飯に群れていたあの奇妙な生き物のことを思い出してはどうにも不安定で落ち着かない気分になるのだった。特別で秘密とはいったいどういうことか、という訳で、肝心の鍵を握る海の劇場座の女将がちょくちょく入れ替わっているらしいことが事態をいっそう曖昧にしていた。しかし、そうは言っても舞台上の流血が粗悪な絵の具のそれであることは周知の事実であったし、とりあえず男たちの頭に漠然と浮かぶのはこういったものでしかなかった――舞台化粧を施して上気した娼婦たちの顔や、真珠の首飾りを巻いた汗ばむはだかの胸、不細工なつくりものの魚の下半身などが舞台前列のぎらつくライトに照らし出される光景――要するに、何度も見た覚えのあるいつものステージなのだった。この場合のつくりものが仮に本物であったとしても、さほどの違いはないような気がしなくもないのだったが。

◈仮に娼婦たちの身近に人魚の棲む海があるとして、それは歓迎すべき事態なのだろうか。船乗りたちにとってはともかく、娼館の女将たちの側には何らかの見解があってしかるべきだと考える向きは多かった。たとえば船乗りたちを直接誘惑するような不埒な真似は許し難いが、商売の評判を彩る引き立て役としての立場をわきまえるならば認めなくもない、といったような。しかし、もっとも好む居場所である帳場に座って金勘定に余念のない女将たちの様子を見れば、作業を中断させてまで質問を試みる者がいないのは当然のことであって、せいぜいその場にまつわる別種の噂が想起されるのが関の山なのだった。すべての館の金蔵の床下は混沌とした地下通路で繋がっていて、金貨銀貨の堆積層のもっとも底には朽ちたパピルス紙幣や貝殻貨幣が埋もれているというのだ。

◈

娼婦たちの昼は夜に劣らず長い。昏々とただ眠りつづける者、犬猫を構って気晴らしにする者。瓦礫だらけの死火山の傾斜が散策に向かないことは明らかだったので――ピクニックバスケットに詰めた魔法瓶の冷たい紅茶、茹でた蝦蛄海老や鶏肉を挟んだパン、食後用のオレンジと薄荷飴――そして女たちの視線はいつもどおり海へと向かうのだった。泳ぐことは厳重に禁じられており、何故なら猫脚つきの浴槽を備えた風呂場が塩気の汚れで傷むからというのが女将たちの主張する理由なのだったが、一方で桟橋にたむろする女たちの多くが密かに鏡を携帯している理由を女将たちが知っているのかどうかまでは誰にもわからなかった。連れ立って腕を組み、長い桟橋の突端まで行ってはまた戻ることを繰り返しながら女たちは海に向けて鏡を反射させるのだが、もちろん残飯ばかりが釣り餌ではないことを知っているからなのだった。

外出中の女たちはフリルつきの日傘や共布の長いストールのついた帽子などで全身重装備していた。いくら日焼けを避けるためとは言え、手には二重に重ねた指なし手袋を嵌め、ごわごわしたドレスの下には鯨骨製のフープまでつけているし、ほとんど身動きにも差し支える有り様だった。日も高いうちから娼館通りに乗り付けてくる船は滅多になかったが、もしも男たちがこの有りさまを見たとしたら——桟橋の端でずらりと跪《ひざまず》いて熱心に海面を覗き込む女たちの姿を、だが——移動可能の奇妙なひとり用テントがそこに並んでいると思ったかもしれない。周囲のあちこちに置き忘れられたままの魔法瓶つきバスケットがなおさらその印象を強めていた。糸で吊った鏡をずっと下の海面まで垂らすには、確かにフープが閊《つか》えるやら幾重にも巻いたストールがずり落ちるやらでひと苦労する騒ぎなのだが、目的のためには必要な苦労という訳で、そして女たちは息を呑んで海中に湧き起こる激しい闘争を見つめるのだった。

◎人魚は哺乳類であるのか否か、といったたぐいの学術書に似せた扇情本、あるいは扇情的な学術書は娼婦たちの好むロマンス本に混じって寝室の枕元に転がっていることが多く、中身を検分したことがあるという男たちの証言ならば比較的たやすく収集することができた。ことさらに古めかしい絵柄の銅版画を満載した本は乳房と産卵管を兼ね備えた女人魚の図版で始まり、局部の解剖図や単性生殖の各種過程の図解等を散りばめつつ男人魚の図版で終わっているらしいのだが、ただし最後の図は想像上のものであるという解説がついているというのだった。生物学上のあらゆる矛盾点がどのように説明されているのか、たいていは酔眼朦朧とした状態にある船乗りたちによく読み取れる筈もないのだったが、あるとき一枚の図版を眺めていた男に向かってひとりの娼婦がこのようなことを言った。図版は女人魚の正面外観を解説するものだった――その腹袋は仔を育てるためのものではなくて、ただの物入れなのだと。

入れておく物とは、たとえば雲丹《うに》の殻とか鏡とか。

客の質問に対して女はそのように答え、さほどの興味を覚えなかった男は会話を打ち切って事に及んだと伝えられるが、しかし長い頭髪の先端に手鏡を結び付けて遊弋する魚類のまぼろしはその後の夢にあらわれ、多くの船乗りたちの夢にもあらわれていつまでも泳ぎ止まなかった。

◈猫脚つきの浴槽を備えた風呂場は古びた色タイルの壁と陸地側に向いた窓を持ち、この基本的な構造はどの館のどの浴室でもほぼ同じと言えた。生育状態のわるい棕櫚の鉢、踵のささくれた編み上げブーツの片方、大きな前輪の二人乗り自転車——これは酔客が乗り回した挙句に大破したもの——色の剝げた絵看板、大小の革ベルトつき旅行鞄のひと山や尿瓶に壊れた鳥籠といったあらゆるがらくた類で溢れかえった状態は浴室だけでなく、廊下からすべての部屋部屋にまで派生しているのだが、ただし偏りがあって、明らかに陸地側へ吹き寄せられたように重心が寄っているのだった。これは地誌的に言って娼館通りが海へずり落ちるのを防ぐためという理由が普通に考えられたが、死火山の瓦礫が強力な磁気を持っているために勝手にそうなったのだという説もあった。

昼でも薄暗い浴室で、女たちは湯面の奇妙な傾きに気づくことがあった。あらゆる場所から漂着してきた果てに不要になったものたちを眺め、それらに狭苦しく囲まれて浴槽の湯に浸かっていると、世界から安全に隠れつつどこかで密かに同調しているようにも感じるのだった。琺瑯製の縁に頭を載せてうつらうつらとまどろむとき、傾く湯面だけでなくからだまで傾いていることにふと気づいたりするのだが、あるいはようやく水平に戻った湯のおもてに乱れる仄かな光の波紋を見ることもあった。月の引力に抗う死火山の峰は高窓の外、そこだけ明るく切り取られた陽射しのなかにあり、瓦礫だらけの山肌はどう見ても真昼に見る夢のようだった。

◈それでも打ち沈んだピアノ弾きを囲んで酔う夜はほろほろと悲しくて、カードを切る女将たちの舌鋒も鈍りがちだった。凪の季節がつづいて客足も途絶えると、捨て鉢になった女たちは我が身をまるで亡霊のようだと思い、その動きはぎごちなく眼ばかりが満たされない欲求にぎらつくのだった。陸の方角から尻尾のながい猿の群れがやってきて女たちを慰めるのはこのような夜だという噂があった。そめそめと泣き沈む娼婦の頭を抱いて宥《なだ》める者、影法師のように立ち働いて汚れたグラスや皿を片付ける者、行き交う猿たちの影絵とにんげんのそれとの区別が女たちにはほとんどつかないのだが、頭痛と倦怠に満ちた翌朝になって漠然と思い出す記憶もあるにはあるのだった。椅子から棚に飛び移って物を仕舞うしぐさ、あるいはコップの水を給仕しに来た折の毛深い手や賢しげな茶色の眼の表情など。

猿は必ずしも猿である必要はなく、憂鬱な深夜の慰め手がたまたま尻尾のながい霊長類の姿であらわれるだけと女たちは考えるのだったが、それにしても打ち沈む曲をピアノで弾いていたのはいったい誰だったのか。不審に思い始めると、切りもなく疑念が湧き起こるのだった。どの館にも狂った音を掻き鳴らす自動ピアノがあるだけで、ピアノ弾きはひとりもいないのだ。

◈荒れた土地を見たという船乗りたちの噂はやはり折々に囁かれることがあった。荒れる海から逃れるために緊急の立ち寄りを行なった船の場合がほとんどなのだが、目印の死火山の峰がいくら近づいても遠いままで、それでも嵐に追われ追われてようよう辿りつくと、あたりには噴煙を洩らす子供の火山がいくつも数えられたというのだった。

船は海面に隆起した見慣れない障害物に何度も行く手を阻まれた。沈んだ筈の古代の巨大建造物、外壁だけを残して中身はない寺院や神殿の廃墟なのだった。のちに海の劇場座の背景画のひとつとしても知られることになるこの場の情景だったが、鉛いろの雲が孕む稲光りと噴火口の輝きとが荒れた土地をわずかに照らし出していた。しかし何より船乗りたちの眼を奪ったのは湾の中央で堂々たる裸身を曝していた女のすがたであって、それは飛沫を含んだ大波のうえに横たわり、軽く頬杖をついて支えた頭に輝く宝石の冠をかむっていた。女王娼婦と呼ばれることになる女のすがたは活人画の背景にも描き加えられたが、残る片手で翳していたものは鏡だったとも扇だったとも言われ、したがって描き手の画家が片手と下半身を波で隠してしまったのはさぞや判断に迷った挙句であるに違いないと思われた。女王娼婦は女王人魚と呼ばれることもあったのだ。

◈荒れた土地の背景画は通常の興行に用いられることはない。たまに興行のない日の舞台をよく見ると背景が取り替えられていることがあり、虫干しのためと女将は説明するのだったが、前夜に秘密興行があった形跡ではないのかと推測する向きもあって詳細は定かではないのだった。

◈　火山の噴火にともなう擾乱、船で海へ逃げようとするにんげんたちが湾にひしめいて邪魔する人魚を片端から撲殺したという類の言い伝えは不吉なものとして隠蔽されがちで、不都合な過去を打ち消すために執り行なわれる祭りも今は廃れた。娼館通りの活人画芝居がその痕跡を留めるものだとすれば、それはおそらく次のようなものになるだろうと一部の者は考えた。このときだけ舞台の背景は取り替えられて、荒れ騒ぐ海と夜に噴火する火山の図、そして船乗りの男たちに扮した娼婦たちが櫂や竿を手に荒くれたポーズを取るのだが、さて女たちが男役を勤めるならば人魚を演じるのは誰か。

◈　大漁旗を靡かせる船団は賑やかに湾を一周していくだけで、娼館通りに立ち寄ることはなかった。網打ちに赴くまえの験かつぎ、あるいは大漁後の礼参りとして通過していくばかりであって、これではまったく礼が足りないと女将たちが不満を述べる種になっていたが、あるとき網が外れて湾の中央で立ち往生した船があった。船は漁の戻りで、多色使いの飾り旗も賑々しく、解《ほど》けて海に落ちていく長網を曳きながらおびただしい魚類を湾に放った。

明るく激しい雨が来て、通り過ぎたあとに虹が架かった。桟橋で鏡の反射を撒き散らす娼婦たちはずぶ濡れになった日傘と帽子を捨て、次にまつわりつく衣類を投げ捨てた。右往左往する船団の甲板からは夢中になって次々に飛び込む者、長々と曳かれていく網に白い腕や長い尾鰭を持つ新たな獲物が絡み、慌てて止め具を外す者、湾はもはや祝祭の場だった。さらに大きく旋回しながら鏡の反射を波間から照り返す多くの魚影があった。のちに風説となる女たちと魚と人魚でいっぱいの海はひとときの祝福に満たされ、大漁だ大漁だと騒ぐ男たちの言葉は寿《ことほ》ぎとなり、宝石の冠をつけた人魚があらわれて最初に飛び込んだ娼婦を力強く抱きとめた。

美しい背中のアタランテ

アルゴナウタイに参加できなかった俊足のアタランテは静かに憤怒した。私が女であるから、結束を乱すから船旅の仲間には加われないのか。それではあの女は何なのだ、王女メーデイアだって？　底意地のわるい運命の女神が夢にあらわれて遠見の鏡を与えたために、アルゴー船の旅路をすべて見通すことのできたアタランテはますます憤《いきどお》った。出自のよい女は男社会でも大目に見られるからね、老いた雌熊が宥《なだ》めるように口を挟んだ。捨て子だったアタランテに乳を与えて育てたことに関しては、獣ながら苦労した態だった。——それでもあの性悪な王女は一時の乗船を許されただけで、とどのつまりは問題を起こすんじゃなかったのかい。もしもおまえがこのあたしを母として恥ずかしく思うなら、だったらもうここへは訪ねてこないよ。

一心に鏡に見入っていたため、アタランテの耳は何も聞いていなかった。子持ち女のメーデイアは伏せた瞼に重苦しい色気を漂わせ、イアソーンが無遠慮に近づくことを許していた。

別の伝説では、おまえはアルゴナウタイの一員になったと言われているそうだがねえ。

老いた雌熊はそう言い残して、首を振り振り山へ戻っていった。にんげんの娘が母の言い分を取り成す返事を返さなかったことに対して、内心大いに不満だった。

イアソーン、言行不一致の裏切り者め。

母熊が行ってしまったことに気づいて、アタランテは鏡を床に投げ捨てた。確かにテッサリアの王子の判断次第では彼女もアルゴー船の乗組員となって数々の冒険に参加できた筈であり、別種の運命の軌跡に身を投じたじしんの姿もまた鏡には意地悪く映し出されているのだった。空に翻る金羊毛、ハルピュイアの食卓やぶつかり合う海峡の大岩、魔女水妖青銅人などが次々に登場する冒険の旅は眼も綾な絵巻物といった体で、そこに小さく小さく切り嵌められた幸福そうなじしんの姿は何にも増してアタランテの絶望を深めるものだった。一生にいちどの好機をのがした。何という不覚。較べてここはどうだ、何もない、何も。やに下がりながら私の足元へ金の林檎など転がしてくる男がいるだけではないか。

床で割れた鏡は魔力をうしない、その破片のひとつひとつにアタランテの紅潮しつつもなお美しい顔が映った。――なるほど私の見てくれは悪くないようだ。強いて冷静を保ちながらアタランテは考えた。だがそのことが何の役に立ったか？　また怪力俊足とは、女の身に与えられるにしては何と風変わりな特質であることよ。男も女ももはや私には煩わしい。母を泣かせ、運命に絶望したこの身に出来ることがまだ何か残っているだろうか。

このときからアタランテはひたすら走り続けた。狩人としての仕事も捨て、走りに走って俊足にはますます磨きがかかり、もはや地上に競争者はなきが如くだった。誰よりも、何よりもはやく疾走すること。その一点に特化して集中することがいつか救いになっていたのである。雨霰と降りかかる求婚者の数は相変わらずだったが、いのちを賭けた徒競走をかれらに課するという仕組みについて記憶はおぼろげでしかなかった。俗世からそろそろ離脱しつつある彼女の意中に疾走するじぶん以外は何もなかった。

アタランテの顔は忘れられた。それはあまりの速さに着衣がはだけた背中、音は壁となり疾走の速度がすべてを混沌に巻き込む場所でだけ見ることのできる背中。走ることに特化して鍛え抜かれたしなやかで強靭な筋肉のうねり。背後で惨殺される求愛者たちの悲鳴と血飛沫《しぶき》には見向きもしない。男たちはただ後を追ってふらふらと駆け出すしかなかった。俊足のアタランテは美しい背中、それは鋭く風を切り混沌とした世界の中心へ飛び込んでいく。

マスクとベルガマスク

マスクとベルガマスクは幼いころ互いの衣服を交換する遊びを覚えた。青の衣装と緋桃を透かせた白紗の衣装を替えれば見分けはつかず、白タイツを穿いた二対の脚は軽快に踊りのステップを踏んだ。魔王クリングゾルの主催する劇場がふたりの知る世界のすべてであり、子飼いで育った座員のなかでも群を抜く美貌の双子は舞台の花と呼ばれ真珠と呼ばれた。鏡の悪魔セレストがふたりの守り役であり、相談相手でもあった。「お眠り、美しい子供たち」濡れ羽いろの鴉のからだを持つ悪魔セレストは鏡のなかから言うのだった。かれはひとの顔に黒い帽子をかむり、鏡から鏡へと絶えず移動していた。「悪戯が過ぎるとクリングゾルがやってくるよ。お前たちの仲を引き裂きにね」

成長するにつれて美貌の双子の相似はますます際だつものになった。ふたりはわざと同じ長さに髪を切り、男とも女ともつかない細身の肢体はひとびとのこころを妖しくざわめかせた。半裸の牧神のようなふたりが肉襦袢のはだけた肌を絡めて踊る舞台は劇場の屋根も破れんばかりの喝采を浴びた——付け文や貢ぎ物の甘い菓子は地に降る雨のよう、奈落に転がる蘭の花びらや光る石を追っていけば双子の楽屋に辿りつくとまで噂は言った。そのうち公爵と公爵夫人のそれぞれが恋に狂って別居に至り、さらには町いちばんの製粉業者の内儀が自殺を図るに及んで、座主クリングゾルの裁定は俄然ひとびとの注目するところとなった。公爵夫妻のそれぞれの相手はかれと彼女の両方だったと噂は言い、内儀の書置きを読んだ亭主は製粉工場がすでに人手に渡っていることを知ったのだった。引き潮の数時間だけ干潟のみちができるクリングゾルの劇場は町の海岸から遠眺めできる位置にあった。夜にはあかあかと照らし出される海上の建造物にオペラグラスの焦点を集めつつ、その内部ではいったい何が起きているのかとひとびとは固唾を呑んで沙汰の行方を見守った。

双子の片割れが追放されてからちょうど一年後の宵のこと、祝砲が小島の全体を轟かして打ち上げ花火が花開き、それを皮切りに婚礼前夜の記念公演は始まった。花嫁の支度部屋兼楽屋に当てられた小部屋は海を見下ろす塔の根方にあり、部屋中の鏡という鏡には色とりどりの薄紗が掛けられていた。「私のまえでは着替えなくなったね」鏡の悪魔セレストが薄紗の陰に人面鳥身のすがたを透かせて言った。

「見せるものではないからよ」翌日には花嫁となるベルガマスクは化粧を終えて席を立った。「舞台で私の邪魔をしないで頂戴ね。肩越しに話しかけられながら歌えるものではないわ、舞台装置に鏡を使うなんて厭なこと」

「お前がクリングゾルに肌を許していないことも知っているよ。鏡はどこにでもあるからね、実際困ったことに」

「追放されたのは兄さんで、私はベルガよ」

「それもこれも明日にはわかる。婚礼の夜にはね」

「鏡はすべて裏返すか、打ち砕いてやるわ」

記念公演に押し寄せた馬車の轍で干潟のみちは荒れ放題になり、宵闇に紛れて近づく小船にわざわざ眼をとめる者はなかった。追放されたのはマスクであるともベルガマスクであるとも町の噂は言い、もしもクリングゾルの婚礼に合わせて舞い戻るなら今度こそ座主は両方を我がものとするつもりなのだろう、そのように考える者もいた——魔王と呼ばれるかれは長くその機会を待っていたのだとも。婚礼前夜の出し物は座員総出による華やかな祝賀の歌芝居、結婚式をそっくり前倒しにしたような豪華な回り舞台に観客は日ごろの憂さを忘れて熱狂した。主役の歌姫が金の鈴を転がす美声を聞かせたものの、どうも高い声が出難いようだと首を傾げる客もいた。そのころ床下に張り巡らされた奈落の通路では首筋を打たれた座員が脇に引きずり込まれ、さらに小道具が紛失するやらの小騒ぎが起きていたが、むろん事態を把握する者はない。

大団円も間近の舞台は薔薇と百合の大合唱、薫香の噴煙のなかでこの世の生き物でない人物たちがゴンドラに乗って行き交い、やがて観客は痺れたように時間の感覚をうしなった。どこかで大仕掛けの歯車がきりきりと時を刻んでいたが、そこだけ明るい舞台が永遠であるように思われた。

「あたしよ、この馬鹿」すらりと細身の長剣を抜いたのは男装のベルガマスク、刺し貫かれたのは花嫁衣裳の歌姫――とひとびとが思ったのも束の間、純白のヴェールが落ちてあらわれたのは別人の顔だった。屋台崩しがさらに崩れて舞台上は落雷を受けたような大騒ぎ、四方の天窓が割れ砕けてどっと海水が雪崩れこむに及んで場内は俄かに暗転の仕儀となった。影絵となって終始舞台を支配していた魔王クリングゾルの輪郭が火花を散らしながら水没していくと、手に手を取って逃れる双子を邪魔立てする者はなく、くるくると渦に吸い込まれていく鏡の破片に一瞬だけ黒い帽子の顔が映った。「お眠り、美しい子供たち」

舞台化粧も半ば剝げ落ちて相擁した双子はすでに女装とも男装ともつかず、白タイツの二対の脚は軽やかに五線譜のみちを辿って空白に出た。

「最初からこうしていればよかったんだよ」

「ここはどこ。何も見えない」

「古い音楽のなか。僕らはその登場人物だから」

「ああいけないいけない、私は死んでしまう」

マスクの腕のなかでベルガマスクは息絶えていた。

聖アントワーヌの憂鬱

悪魔払いの祈禱もまさに佳境という折も折り、苦しむ幼い王女の口からにわかに怪しい煙が湧き出したかと思うと、勢いよく躍り出た浅黒い肌の半裸の女に正面から抱きつかれて聖アントワーヌは仰天した。「よもやわたくしをお見忘れでは、アントワーヌ様」

さも懐かしげに叫ぶ声が王宮のモザイク細工の天井に響き渡り、たちまちわれ先に逃げ出す衛兵たちの槍がぶつかりあうわ、包帯に巻かれた木乃伊の列が崩れて倒れるわの大騒ぎ。ただひとり悠然と幼い王女のからだを抱き上げた王妃は、汚らわしげに顔を背けながらその場を退場していったが、去り際にひとこと言い捨てていくことを忘れなかった。「ご祈禱の験あらたかなことは確かに承りましたわ、美男のお坊様」——と言うのも、数々の誘惑のさなかにシバの女王から婚姻を迫られてなお退けたそうだという噂を耳にして以来、何がなし面白くない心持ちがわだかまっていたのだ。そこまで眼が肥えておいでならいたし方ないと思っていたものを、あの程度の女悪魔風情と懇ろなご様子とはね、という次第だった。

遠ざかっていく足音の最後の反響が消えると、黄金の蛇の胸飾りと下帯だけという姿の怪しい女はアントワーヌの首に固く巻いていた腕を放し、小ぶりな乳房を両手でつるりと撫で下ろした。たちまち若い男のからだと顔に変身した相手をよくよく見直したアントワーヌは、首を絞められて息もつけない状態からようやく脱して驚きの声をあげた。「や、おまえはイラリヨンか」

「確かに。師よ、お久しゅうございます」

古くからの弟子イラリヨン、というより悪魔が化けたイラリヨンに過ぎないのだが、しかし悪魔でありながらかれの中身は確かにイラリヨン本人に他ならず、アントワーヌももはや区別することなく旧知の弟子当人として対していたのだった。何よりあの砂漠での誘惑と幻覚の一夜のほとんどを通して案内役をつとめたのはこのイラリヨンであり、心のどこかでは頼りにするようなところがなくもなかったのだ。

「ああいや違う、違うぞ。危うく忘れるところだった。最後に正体をあらわしたときのおまえは、やはり汚らわしい悪魔だったな。しかもその姿は――」

言いつのるアントワーヌを片手で制し、残る片手でイラリヨンはあたりに消え残る煙をぐるりと指差して手前に引き寄せた。それは一塊の真っ白な雲となってふたりの足元に漂い降り、「師よ、今はとりあえずわたくしを弟子のイラリヨンとしてお見知りおきください。かりそめにもあなたを師と呼ぶこの身ではありませんか。それより、兵どもを纏めなおした王が怒り狂いながらついそこまで来ておりますよ」確かに、激昂した人声と荒々しく近づいてくる乱れた足音が耳に届いたので、勢いに押されるようにアントワーヌは一歩前に踏み出していた。雲上のひととなったふたりはただちに王宮を抜け出し、日没の影を湛えたナイルの河面を飛び越えて、向かった先が砂漠であることは言うまでもない。砂漠のアントワーヌとしばしば二つ名で呼ばれるように、毒蛇と蠍のほかには生き物の影の射さない砂漠とひと嫌いの聖者とは切っても切れない縁のある場所ではあった。

が、このところの砂漠がかつての安逸の場所ではなくなっていることにアントワーヌもすでに気づいていた。

「師よ、あれは」

「悪魔であるおまえに言う筋合いではないが、イラリヨンよ、にんげんとはまったく厄介な生き物であることだな」

よくよく見れば、月影を流す砂の傾斜のあちこちにくっきりと轍のあとが残り、さらには無遠慮な足跡やら野営の焚き火のあとやらが随所に入り乱れて、清浄な砂の世界はもはや清浄とはまったく言いがたい場所になり果てているのだった。

ふたりの乗った雲は快調に飛び続け、折々ににんげんたちの頭上を掠め飛んだが、その度に振り仰ぐ者たちが口々に叫ぶ騒々しさというものはなく、イラリヨンですら辟易の表情を浮かべたほどだった。「――誘惑してくれ、と聞こえましたが」

「そんなのはまだいいほうだ。我もまた信仰心を試さんという気概のある発言だからな、善意に解釈すれば」アントワーヌは苦々しく言った。「私と一緒にいれば誘惑のおこぼれに与かれると思っているのか、この私を誘惑者と混同しているのかわからないが。それより、詳しい話を聞きたいと申し込んでくる者が実に多くて困っているのだ。長らく疎遠にしていた旧知の者たちが、今になって続々とやってくる。神智学者やら神秘主義者、厭世家そのほか訳のわからぬ有象無象が湧いて出る。どこかの教団の密使らしい者、ついでに強盗団までうろつきまわる。何か盗み取れるものがあると思っているようだよ」

「空の檻を積んだ荷車が見えます。師よ、あそこに」

イラリヨンが指差すところに確かにそれがあり、武器やら投げ網やらで猛獣狩りの装備に身を固めた者たちが小手を翳してこちらを見上げている。「太古の神々や幻獣たちを捕らえるつもりでいるようだ。さて、イラリヨンよ」

アントワーヌは憮然として向き直った。「聞かせてもらおうか。お前たちはその後いったい何をしたのだ、この私に」

「雲の行き先でしたら、あなた任せ。紅海でも黒海でも北極海でも、この世の果てまででも喜んでご一緒いたします」イラリヨンは言うのだった。「その後のあなたのことならば、こちらの世界でも注目の的ですよ。その後の我々の仕事、言ってみればアフターサービスがお気に召したかどうかと」

「誘惑の次第がここまでひとに知れ渡っているのは、やはりお前たちの仕業だったのだな」アントワーヌは憤慨した。「私は何も洩らしてはおらぬ。誘惑を受けて、散々にこころ掻き乱されはしたが退けた、とすら言ってはおらぬ。わざわざ吹聴することではない」

「師よ、何か誤解なされているようですが、夢魔どもがにんげんたちの夢に見せて回ったのは、決して誘惑のすべての再現などではありませんよ。それでは誰かれ構わず誘惑して回るのとおなじになってしまいます」

「すべてでも一部でも、ひとに知られた以上はおなじことだ」

「もしも誘惑を受けたこと自体をひとに知られたくない恥だとお考えでしたら」イラリヨンはくちびるを歪めて微笑した。「あなたはじしんを恥じておいでになる。そういうことになりますか」

「私は面倒ごとについて言っているのだ。この有り様をお前も見たではないか」アントワーヌは騒音に満ちた下界を指し示した。「私はただ静かにじしんの信仰を見直し、また修道士たちの祖となるべき使命を全うしたいと思っている。望みはそれだけだ。誘惑に打ち勝ったことについては、じぶんを頼みに思っている」

「ひたすら逃げ惑って、我々と一緒にはお出でにならなかった」

「おお、試練はまだつづいているというわけか」

「夢魔たちが正確に言ってどういう仕事をしたのか、まだ説明しておりませんでしたね」

イラリヨンを名乗る者はこの日初めて正面から聖者の眼をみた。アントワーヌも応じて見返したが、弟子に化けたこの男の眼が普通でないことに気づいたのは実を言えばこのときが初めてだった。さすがは悪魔というべきか、よく見るとその瞳のあるべきところには一対のレンズ様のものが埋まっており、それは微妙に回転反転しながらこちらに焦点を絞る様子なのだった。――その眼を見るうちに、アントワーヌは何がなし不安な心持ちに襲われるのを覚えた。一対のレンズの表面にはそれぞれ小さく小さく縮小されたかれじしんの姿があって、やはりひどく頼りなげな面持ちでこちらを見つめ返しているのだった。

「我が師よ、あの夜、誘惑のあいだ中このわたくしが何を見ていたのか、おわかりでしたか」

そして相手がこのように言うのをアントワーヌは聞いた。「この眼はただあなただけをずっと見ておりましたよ。怖れ憧れ怯え懊悩し欲求し嫌悪する、ばらばらに引き裂かれたあなたを見ていたのです。あなたの表情に宿る誘惑の影を、色さまざまな炎の反映があなたの顔を次々に染め変えていくのを。柔らかい抱擁と吐息混じりの口説に包まれてほとんど溺死者のようだったあなたの顔、影のような幻獣たちの往還から顔を背けつつ、次なるものの登場にまなざしを振り向けるあなたの姿

──するすると滑るように這い進む大蛇の鱗模様があなたの顔に影をつけていた。炎の中心に見入るひとのように、怖れながらもすべてから眼が離せなくなるあなたの有り様──他のものは何も見てはおりませんでしたよ、わたくしのこの眼は。そしてここまで言えばもうおわかりでしょうが、師よ」

「──去れ、悪魔よ」

「わたくしが夢魔どもに持たせてひとびとの枕辺へと送り込んだのは、もちろんこの眼の記録だったのです」

ふたりを乗せた雲はいつの間にか一面の雲海の上部に出ていた。昼とも夜ともつかず、明るいとも暗いとも言いようのない世界の彼方に一箇所の眩《まばゆ》い影があり、よく見ればそれは雲海から突き出た大山脈の峰が黒い太陽の輝きを背に負っているのだった。陰陽の反転した妖しい光輪の中心にあるべき神の貌はない。今は夜だった筈とアントワーヌは思い出し、時間のない場所に来てしまったのだと呆然として考えた。

「そして我が師よ、改めて申し上げます」風のなかでイラリヨンが言った。「先ほどまでにわたくしの申してきたことはすべて嘘であると、そのようにご理解願えましょうか」

「また何を言い出すのだ、悪魔よ」

「夢魔どもは何もいたしておりません。何故なら、何もする必要がなかったからです」

呆然としたままのアントワーヌに向かってイラリヨンは続けた。「確かにわたくしにはいつでもかれらを送り出すだけの用意があったのですが——師は先にこのように申されましたね。私は何も洩らしてはおらぬ、と」

「誘惑を受けて、散々にこころ掻き乱されはしたが退けた、とすら言ってはおらぬぞ、私は」

「ですからそれはあなたの記憶違い。よくよく思い出してみられませんか」

するとアントワーヌのなかで誘惑の夜から今までの記憶が逆落としのように逆流しはじめた。ある箇所まで来て、何かに引っ掛かったように少し行き過ぎてから戻るのを感じ、アントワーヌはそれが試練の夜が明けた早朝の場面だと悟った。豚たちの騒々しい鳴き声と、少し驚いたような汚い少年の顔がかれの脳裏に蘇っていた。

「豚飼いの子供に出会われましたね」

「私に水をわけてくれたのだ」思い出してアントワーヌは言った。柄杓を少年に返すかれじしんの手が見え、礼を言う嗄れた声が耳に聞こえた。悪魔に誘惑されたのだ、と続けてその声は喋っていた。

「豚飼いの子供は驚いたのですよ」イラリヨンが言った。「蹂躪された女さながらの有り様であなたがいきなり現われたので。そして村に戻ってからひとに伝えたのです」

「夢魔の話はどちらが真実なのだ。いやいや悪魔よ、お前の言うことは何ひとつ信じるわけにはいかぬ」

「信じるも疑うもあなたのこころ次第ですが、師よ、少なくとも豚飼いの子供の件だけは認めて頂くために今日はわざわざ参ったのです」

「待てイラリヨン、私は混乱しているようだ」ついに頭を抱えてアントワーヌは言った。「確かに私はすっかり失念していたが、今は思い出した。豚飼いの子供に出会って、ひとことだけ洩らしてしまったのはこの私だと認めよう。しかし私が洩らしたのはただのひとことだけだぞ。それだけで、あのような——いや、やはり夢魔どもの仕業だな」

「悪魔の誘惑を受けた聖者、というひとことで止め処もなく妄想が膨らむ者たちをあなたは救済しようとしていらっしゃる」イラリヨンは答えた。「さて、わたくしが現われたためにあなたが激昂した王の追及を受けるのではお気の毒。またそれは本意でもありませんので、時間を少しばかり巻き戻してお送りいたしましょう」

まったく唐突に後宮の女官たちがわらわらと駆け寄ってきて、悪魔払いの聖者の到着を出迎えた。「あの者たちにわたくしは見えておりません」砂岩の段を上るアントワーヌの耳元でイラリヨンが囁いた。「これでしばしのお別れですが、我が師よ、思うのですが豚をあなたの持物《アトリビュート》になさってはいかが」

王妃は顔をあげて近づいてくる聖者を見た。引付けの発作がようやく少し治まった幼いむすめの手を握り、ずっと寝ていないことが明白なその憔悴した顔には涙痕とともに優しい小皺が刻まれていた。救済者の到着を認めてぱっと喜色に輝くのもつかの間、そこに微妙な表情が生まれていくのをアントワーヌは再び眼の当たりにした。

「聖人さま、むすめが」言いさして、王妃は口籠った。赤面してから眉間に縦皺を寄せ、思い切ったようにアントワーヌを見つめ直したが、その眼に浮かぶ疑念のいろは母の思いを越えて、隠しようもなく膨らんでいく一方だった。

水源地まで

蛇行する川岸に沿って上流めざし思い切り車を飛ばす。今日のために整備してタイヤ交換も済ませておいた四駆の走りは快調である。よく晴れた午前のうちに何度か向きを変えて長い橋を渡り、そのたびに入道雲の蟠る河口と街の喧騒の記憶は背後に遠ざかるのだったが、やがて昼近くに彼女の住まいへと通じる最後の橋を渡った。鉄橋として補修された部分はすぐに終わり、雑木の繁茂する中州をすれすれに跨いで灰いろの石橋が対岸の山側まで続いていく。リズミカルに連続する砂岩のアーチのあいだを走っていると、彼女が見たという橋姫の話を思い出した。

前世紀の半ば過ぎまでここは軽便鉄道の橋だった。線路が撤去された今では面影もない二車線道路の橋であるが、前回の当番のとき彼女が何かの用事で夜中にここを通ったことがあるそうだ。ミニジープのライトが照らし出した真っ直ぐなみちの途中に橋姫はいて、それは鉄橋との境い目のあたりにぼんやりと佇む人影だったわけだが、彼女が言うにはひとめ見てすぐにそれとわかったそうだ。何しろ裾を曳いていたから、と彼女は片笑窪を浮かべて付け加えた。ここから何十メートルか下流にはむかし嵐で流された木製時代の橋の構造が今でも水中に残っている由で、年月とともに橋の全体も様変わりしていく訳だが、それにしても石橋に赤錆だらけの鉄橋の継ぎ足しは橋姫の気に入らないものであるらしい。以来何度見かけてもそれは補修部分との境い目あたりにいる、しかも不満そうに、と彼女は言うのだった。何しろ当番制の魔女の言うことであるからどこまで本気にしていいものかわからない、しかしそれがそういうものであるらしいことについては一応納得してもいいように思われるのである。

湾曲しながら伸びていく堤道をしばらく走りつづけ、向こう岸側で深い山陰を映す淵の突端に白い野鳥の群れた水門を見る。こちらのみちは河川敷に一旦降りて、中州を利用した堰の賑やかな流れを眺め、それから再び堤道に出て短いトンネルを抜ける。広い畑地とわずかばかりの集落を含むこのあたり一帯の土地は全体に治水用になっており、低い山並に囲まれていても視界はひろびろと開け、知らない者にとっては水系の上流地のひとつであるとは俄かに信じ難いことと思う。しかし複数の堰で階段状に追い込まれていく流れの構造であるとか、次第に柳が多くなっていく植物相を見れば女たちの管理する水源地の特徴がよくあらわれていて、講習会に集まるような初心者向きのカヌー漕ぎのメッカになっていたりするのも頷けるのである。今日のような休日には車を乗り付けるキャンパーも多く、しかし下流から中流の川岸あたりでよく見かける特製のゴーグルをつけた〈雲見〉たちの姿はこのあたりまで来るとさすがに見た覚えがない。しかしいつも思うのだが、かれらの姿を見かけるときそれは必ず雲だらけの空や川岸の道に停車したバイク等を含む遠景のなかにあって、近くでは決して見かけないように思えるのは不思議なことだ。柳並木のいつもの茶店は今日も開いているが、立ち寄るのは後にして彼女の当番小屋へと急ぐ。やがて駐車場の向こうに平屋の屋根と煙突が見え、彼女は外のデッキで私を待っていた。「愛してるって言っても足りないくらい」

差し入れの荷物は後部座席に積んであったものの、優しく美しい彼女が誘うままに奥の部屋で時間をかけてゆっくりと睦みあい、やがてひどく空腹であることを思い出す。

「夜までいられるのよね」

「明日の仕事に間に合いさえすれば」

「サナエさんとうちの母が晩御飯に寄れるとしても、少し遅くなりそうなの。今のうちにお昼を頂きましょう」

何度も往復して荷を運んだり彼女の手料理を食べたりするうちに、時計の針は三時を回っていた。

子供のころ住んでいた家は柴垣の木戸のすぐ外に水門があった。それは五歩で渡れるほどの石橋を渡した用水路の水門なのだが、水はこうして管理するものだと見て覚えながら育ったように思う。まさか水源地の管理の当番が回ってくる魔女を恋びとに持つことになるとは思いもしなかった。茶店の亭主の奥方もむかしは当番札を持っていたそうで、いちど会ったことがあるがこれもまた異様に彫りの深い堂々たる美女である。「額から後頭部にかけてぐるっと飾り紐を締めるのが似合うような」と亭主はじぶんの連れ合いを形容しながら抹茶を点てて、今日は小振りな麩饅頭を出してきた。向かいに座った彼女は熱心にみつ豆を食べている。

サナエさんと彼女が呼ぶ独身の叔母もまたその形容にふさわしい人物なのだが、そのサナエさんが婦人会か何かの世界大会に行ってきた話になって、彼女と亭主の会話を聞くうちにどうやら向こうで亭主夫人に会っていたらしいことがわかってきた。「新旧二大勢力の激突みたい」と彼女は評して笑い、年齢的にほぼ同世代ではないかと思われるふたりのどちらが新でどちらが旧なのかは考えてもわかりかねた。

「バイクに二人乗りして現われたこともあるのよ」

「サナエさんが？」

「よく彼氏が変わるの」

そのときの彼氏はどうやら〈雲見〉のひとりであったらしく、当番小屋で彼女たちがお茶を飲むあいだおとなしくずっと外で待っていたそうだ。

「上の池も見ずに帰ったのよ」

「覚悟して見るものだからね、あれは」布巾を使いながら亭主が言い、やはりそういうものなのかとこちらとしても感慨に耽らざるを得ないのだった。

上の池と彼女が言うのはもちろん当番小屋のある山合の池のことで、ちょっとした公園のようになっている周辺部には柳のほかに桜や躑躅なども尋常に植え込まれ、少し下った裏手には小さな駐車場も整備されているし、ぱっと見にはなかなか感じのいい場所である。湧水公園や水源地公園という名がついている訳ではないが全体にそういった感じ、ただし池の大きさ自体は思いのほかこぢんまりとして、とてものことにこれがあの川の起点であるとは誰も信じないだろうと思う。それでもいったん視線を転じて堰の放水口側から下を眺めるならば、暗い淵となって動き出す川の流れが確かにその底にあって、豊かな水源がここにあることを示す水流が止むことなく動きつづける様子は文字通りかなりの規模のダムの見学でもしているようだ。上の池は〈抜け〉として必要なのだと彼女は説明するのだったが、こればかりはわれわれの理解の外にあるように思われる。茶店から戻ったころには西日は山陰に隠れて、池のおもては翳っていた。デッキに繋がれたボートがひと待ち顔に見えたのはきっと気のせいで、いちどだけ彼女とふたりで漕ぎ出したことがあるが、あのように恐ろしいことは二度と御免なのである。彼女はたまに泳ぐことがあると言い、しかし眼のまえで泳ぐのだけは勘弁して欲しいと伝えているのでそれはしない。土手の側の芝地を裸足で往復しながら何かしている姿が見えていたが、何をしているのか深く考えることももちろんしないのである。四五年まえに建て替えられたという当番小屋はログハウス風の造りで、電気は何故かここまで届いているが水道はない。来るときには大量のミネラルウォーターの配達を頼まれるわけで、水源地への差し入れとしては奇妙なものだといつもそう思う。

客の到着は遅くなる由なので、クーラーボックスを移動するなどしてあまり急がずにバーベキューの準備を始めていると、蚊取り線香を手にして出てきた彼女が「あら花火」と言った。

河口に近い街で今日は花火があることならよく知っていて、オフィスでも連れ立って出かける者たちが相談する現場にいたりしたものだ。かれは水源地行きだからね、と同情混じりのような口調で言われたものだが、それにしても職場の後輩でもある彼女の休みが有給扱いになっているのはどういうことなのか。オフィスビルの屋上に水神の祠が祀られているのと似たようなものだと人事課の同僚は言い、それはともかくとして夕闇の落ちたデッキからの下界の眺めは何度見ても得心のいきかねるもので、いくら風が涼しくて心地よくても納得できないものはできないのである。

「音はさすがに無理ね」

肩を並べた彼女が納得するふうに言い、確かに河口の花火は無音のまま盛んに上がり続けているし、あの橋やこの橋の彼方に水上に浮かぶ幻のような市街の街明かりすら一箇所に固まって眺められるのだった。

水質管理センターからやって来るバイク便の彼氏もやはりここからセンターの建物が見えると感心していたことを思い出した。バイク便の彼氏と呼ぶのはそうとでも呼んでおくしかないような人物であるからで、最初に会ったときは妙に断定的な物言いが耳についてうたた寝から眼が覚めたのだった。

「ヘビトンボの幼虫ですねこれは」

「トビゲラとかではなくて」

「赤いのはヘビトンボですね。咬まれると相当痛いです」

ペットボトルの空き容器にラベルを貼ったものを透かして見ながらふたりはずっと喋っていて、デッキチェアでうとうとしながら聞いていたときには夢かと思ったものだ。ボトルに満たされた水は光に眩く透けて、そのとき少しの濁りもないように思われた。

「ざざ虫というのかしら、幼虫は」

「孫太郎虫ともいいます。疳の虫に効くというので昔は漢方に使われましたね」

「あ、動いた。ほんとに咬みつきそう」

「これ、サナギになってからも普通に歩くし咬みつきます。そんな虫ほかにいませんから、やっぱり普通じゃないですね」

そのあたりでまた眠ってしまったらしく、ヘビトンボについて断定的に語り続ける物言いは姿かたちの一向に見えてこない虫のように耳から脳へと入り込んで夢に混じったようだった。それでも不思議なのは駐車場に停められた荷台つきのバイクを見た覚えがあるということで、彼女は三人でいっしょに喋っていたでしょうとすら言うのだった。

水質管理センターがどこにあるのか知らないが、そこから定期的にひとがやってくる以上はどこかにあるということなのだろう。「だってセンターの屋上から双眼鏡でこのログハウスが見えますからね」と、二度目に会ったときにかれは断定的に言い残して行ってしまった訳であるが、困ったことにこのときもやはりじぶんはうたた寝していたような覚えがあるのだった。しかしそんなことよりも、山合にあるこの場所はさほど標高が高いわけでもないと思うのに、その日午前の数時間をかけて走破してきた行程のほぼ全域が見通せる、入り組んだ山裾がいくらか邪魔になるものの、中流から下流にかけての要所要所の特徴がほぼ直線状の視界内に納まっているというのはどういうことなのかまったくわからない。入海の湾でライトアップされた背の高い大橋に中州の有名な公園を四方から挟んだ大小の橋と城、あれは市民ゴルフ場のあるあたりの鉄橋、と眼で追ううちにいやでも気づいてしまうのだが、途中の峠はいったい何だったのかといった地図との矛盾があからさまに散見されるのだ。サナエさんを後ろに乗せた改造ゴーグルのバイカーやら、ヘビトンボを肩にとまらせたバイク便の彼氏やらが胡乱な天使のように排気ガスの雲を噴射しながら行き交う行程のイメージが頭に浮かび、それでも只今現在河口の花火は夜空の遠くで線香花火を逆さに立てたように開いては消えることを繰り返しているし、しかも隣には石鹼の香りのする彼女がいて、軽く唇を触れあわせたりするうちに細かいことはどうでもよくなってしまうのだったが、いつもこのようにして誤魔化されているように思うのは気のせいだろうか。夜の水源地の池はわれわれの背後で黒々と静まりかえり、ここだけ賑やかに明るい当番小屋の窓明かりを水のおもてに映し出していた。

その後の顚末は特に波乱があったわけでもなく、予告のあったふたりが現われてなごやかに会食は進み、差し入れの労をねぎらわれ、女だけが飲酒することになって申し訳ないと謝られ、明日の仕事に差し支えるのではと心配されただけだった。「額からぐるっと後頭部にかけて」と形容のあった骨格の持ち主ばかりがあちらやこちらを向きながら肉を焼いたり皿に取ったりする様子は現場で見ればやはり相当に迫力のあるものだった。当番札を持つ魔女ということばは当人たちが言う訳でなく、他に呼びかたを知らないのでこちらが勝手にそう思うだけで、もちろん口に出したりはしない。彼女の母堂とうちの兄嫁の母が何かの稽古仲間だとわかったときが唯一緊張の走った場面だったように思うが、サナエさんはビールの空き缶を灰皿にしながら昔の彼氏がインカレの予選会前日に係留中のボートを嵐で流されたというような話をしているし、彼女は彼女で他愛なく笑い転げながら焦げた野菜を取り除けているのだった。

今夜は泊まっていくという母堂とサナエさんに見送られて駐車場を出たのは十一時を回ったころだっただろうか。

夜にボートを出すと気持ちがいいのよ、などと誰かが言い出すこともなかったし、終始にこやかで話術も巧みな女たちに囲まれてずっと考えていたのはじぶんが池で見たもののことだった、という事態はまったく如何なものかと思われるが、しかしこれぱかりはどうにも致し方のないことだった。完全に透明な池の底に見た排水口めく青い空洞のことは簡単に忘れられるものではなくて、そのイメージが不必要に他を侵食しないように努めるのはなかなか難しいのである。眼のまえで見事な歯並びを見せて笑いさざめく女たちのことを言っている訳だが、顎に脂の乗った美女たちに較べれば彼女はまだ若いぶんだけ近しい世界にいるように見え、しかしこのまま結婚して甲羅を経たころにはどうなっているか、などと考え出すとそれは若い男の抱える普遍的な悩みに過ぎないようにも思われた。それにしても、池の底地に揺らめく光の反映とボートの小さな影絵を見たときの恐怖もまた忘れようにも忘れられるものではなかった。正確に計測されている水深の数字は予想を上回るものだったと記憶しているが、そのときわれわれのボートは何もない虚空に浮いているとしか思えなかったのだ。

「当番は水曜に終わるの。夜には戻っているから電話して」

ふたりに挟まれて懐中電灯の明かりを振ってみせる彼女は古いカーディガンを羽織って、そのとき妙に子供っぽくみえた。

街へ戻るみちで橋姫を見たことを付け足しておくべきかと思う。

砂岩のアーチのある石橋に差しかかったとき、何となく気当たりはしていたものの、ハイビームにしたヘッドライトが照らし出す二車線道のずっと奥手に人影はぼんやりと立っていた。彼女の言うとおりそれは中州の竹林に左右を挟まれた鉄橋との境い目のあたりに裾を曳いていて、こちらとしても思わずスピードを緩めてしまった訳であるが、それにしても今日はずいぶんと適当にあしらわれたのだなと思い返していたところだったので、ただ立つことで不満をあらわす存在とは妙に同調してしまったのかもしれない。通り過ぎたあとで、今のは何だったのかと急にはっとした。みちの真ん中にいた何かのなかを通り抜けたようでもあり、漠然とした不満は以前からじぶんのなかにあったのに気づいていなかっただけだとも思われた。

橋詰の信号機は律儀に赤い光を点していた。停止線で止まると、たちまち濃密な夜の川の気配が五感を包んだ。夜も遅くのこんなところでいったい何をしているのかと考え、それでもじぶんがこの先何度でも水源地行きを繰り返すだろうことはよくわかっていた。そのたびに綿密に準備して、朝から浮き浮きと車を出すことも充分に承知していたが、そのとき帰路の道のりは果てしなく遠く、いくら走り続けても先はまだ遠かった。

向日性について

向日性と仮に呼ぶ性質は、かの地のひとびとの生活全般を厳格に支配している。あるいは支配するものと推測される。すなわち日向にいる者は立って活動し、日陰の者は横たわって眠る。山肌の畑地で日を浴びながら耕作する者のかたわらで山陰の畦《あぜ》にいる者は鋤を放して横たわる。岬の全体を切り崩しつつある採石場の午前と午後の眺めは大幅に違っている。陽射しの移動につれて大半の人員の配置も東面から西面へと移動していくのだが、ただし対岸の展望台などからよく観察するならば、日陰の作業場に取り残されて動かない多くの人影があることをわれわれは双眼鏡のレンズのなかに認めることができる。造船所の大型クレーンが落とす影のなかにはいつでも複数の作業員が倒れているし、またスタジアムの観覧席で球技を観戦する者たちの多くはポップコーン売りを呼び止めながら賑やかに小旗を振るが、傾斜がつくる日陰側の席の者たちは水に沈んだように倒れて動かない。路面電車の日向側で談笑する乗客たちはともかくとして、日陰側の座席で互いに凭れあって熟睡する乗客たちがいったいどうやって降車ランプを押すことができるのか、終点に至って降車することができるのかどうかなど一切は不明である。

かの地について考えるとき、われわれがまず思い浮かべるのは箱庭のような架空の都市《まち》である。そこには日時計のように影を落とす記念塔などが広場の中央にあって、日陰に倒れて眠り込む者と目覚めて立ち去る者との動きを終日にわたって観測することができるのではないか。その場の登場人物は乳母車を押す若い母親や牛乳の配達夫、書類鞄を抱えた勤め人と警官に盗人、石畳に群れる鳩などといったものではあるまいか、またその都市《まち》の名はエウフラーシア、オディーレ、マルガーラあるいはオーケアナ、タモエ、ハルモニアといったようなものであり、それは皇帝の地図帳《アトラス》に書き加えられるのを待っている見えない都市のひとつではなかろうか、などと。しかし実際にかの地を訪れたことがあると主張する者の数は意外にも多く、無視しがたいほどであることもまた事実なのである。たとえばある者は熱心な口調で次のようなことをわれわれに伝えてきた。玩具のようなロープウェイのゴンドラが山肌を循環するその都市《まち》のことを、急斜面の街路はつねにケーブル電車の索道の切り替え音で満たされ、山手で撒いたきららかな水がどこまでも伝い落ちていく果てには港祭りの紙吹雪の絶え間がなかった、と。また別の者は海峡に面した古い軍港と坂道に寺社を点在させた迷路状の町のことを言い、あるいは淀んだ水路を葉脈のように茂らせた廃市だったと主張する者、光まばゆい高層ビル群の先端が雲海を突き破って並ぶ都市《まち》や真っ白に塗られた住居が丘陵を覆い尽くす土地のことを言う者、それらさまざまな証言者たちの語ることすべてに共通するのは向日性と仮に呼ぶ性質の光景である。すなわち日の当たる場所にいる者は目覚めて活動し、日陰の者は横たわって眠る。そしてさらにかれらが止め処もなく語り続けることに耳を傾けるうちに、われわれの記憶のなかにも多少なりともかの地の記憶が混じっていることに気づいたりもするのである。

曲がっても曲がっても白昼の土塀がつづく町では、走り去る猫だけが目覚めている。日の当たる縁側で繕い物をする割烹着姿の若い母と、座敷の奥で臥せっていた病身の幼い弟。

松林ばかりがつづく半島でずっと昔に立ち寄ったガソリンスタンドの記憶、申し訳ほどの屋根がつくる日陰のなかで給油機に凭れて目覚めることがなかった店主のこと。砂岩造りの銀行や店舗が並ぶ大通りで、あるいはほとんどのシャッターが閉じたままの商店街で、ショーウィンドウのマネキンを動かす店員の薄暗い背後に一瞬だけ見えた不自然な姿勢の人影。持ち上げられて傾くマネキンの硬直した手足。

マッチ箱のような都市《まち》のあらゆる日陰でひそひそと肌を寄せて眠り込む者たちに混じっていたいともしも密かに考えるならば、われわれは日陰から日陰へと伝い歩く性質を持つ者である。山の畑地で日を浴びながら耕作する者には顔がない、白い歯を見せて笑う口だけがある。かたわらの山陰になった畦にいる者は鋤を放して横たわる。

ドロテアの首と銀の皿

屋敷は古雅な趣きのあるすがたを持ち、周囲を広く囲んだフウの林のためにフウの木屋敷と呼ばれた。歳の離れた夫とそこで過ごしたのは十年あまりに過ぎなかったが、三つの尖りを持つフウの広葉が薄い金いろに染まるごとに隠棲の日々の静けさはより深まるように思えたものだ。夏の終わりに夫が倒れ、急死したその年の秋のことは今でも忘れない――幾つかの出来事があり、黄葉する木ばかりだった庭はその翌年から薄赤い金いろに染まるようになった。赤味は年毎に強まって、今ではすっかり燃えるような朱赤に紅葉するフウの庭である。哀れっぽく夫を探し続けていた犬たちもやがて諦めて私の周囲に寄り添うようになり、順に年老い、その何匹かは庭で眠っている。フウの木の根方で、湿地の茸《きのこ》が化けたように白いむすめが立っていたあの根方で。

逃げた白い大鼬《イタチ》、薄暗い書斎の書き物机のうえで銀の皿に載っていた首、夜更けの村はずれを練り歩く笛の音を聞いたあの秋。不可思議な現象を引き起こす義理の姪といっしょに過ごしたあの年の秋。

＊

問題は婚姻証明書だった。屋敷のどこかにある筈の一枚の公正証書、それが発見されない限り私の身分は確定せず、遺産の継承は無効になるかもしれないと管財人のFは言うのだった。——そんなことは馬鹿げている、この私が今やフウの木屋敷の女あるじであることに異論を挟む者などどこにもいないし、そもそも私以外に遺産相続の権利を主張する者などいないではないか、そのように私は言ったが、Fは下がり眉の眉根をますます寄せて渋面をつくり、これ見よがしに大袈裟な溜め息を洩らすのだった。「でも実際、あのひとたちはどうなんです？　朝から晩まで意地汚く大台所に入り浸って、兎のシチューだの炙り肉だのにかまけているうちはまだしもですがね、いつ何どき妙な気を起こさないとも限らないじゃありませんか」——

私とFは遺品の整理と称して亡夫の書斎のある棟の一区画に立て籠もり、その秋のあいだほとんど徒労とも思えるような無益な作業を続けていた。幾つかの続き部屋を持つ書斎だけでもいい加減物で溢れかえっているというのに、書庫や膨大な蒐集品を納めた倉庫室、中二階を持つ図書閲覧室まで探索場所を広げるとなると、これはとてものことにふたりだけの労力には見合わない作業であると言わざるを得ず、あまりの大変さに最初から使用人たち総出で事に当たっていればと悔やむこともしばしばだった。事態はできる限り隠蔽すべきだとFが主張したのだ——必要とされる文書はわかりやすく手箱に纏めて保管されているというのに、婚姻証明書だけが何故見つからないのかまったく訳がわからなかった。しかしたとえば夫が一冊の本を開き、気紛れかあるいは栞代わりにそれを挟んでいたとしたら——そういう事態は大いにありそうだった——、村の自宅から毎日出勤してくるFは書架の稼動梯子の昇り降りで膝と腰を痛め、私はといえばついつい本に読み耽ってしまうのでかれの不興を買っていた。むろんのこと書き物机や書類棚の類いの引き出しという引き出しの中身は何度も浚えたし、他の可能性のありそうな場所もすべて同様だった——鹿の枝角が左右の壁から生えた狭い廊下を連日行き来することにもいい加減うんざりし、汚れた手を洗うたびに盥の水は黒くなった。窓が塞がるほど木箱や紙箱が積み上げられた収納庫には入ったこともなかったが、迷路状の通路を覗き込んだだけでFも私もこの場所は見なかったことにしようと意見が一致した。探索の期限は秋の終わり、そのことは暗黙の了解になっていた。

「だいたいいつまでここにいるつもりなんだか——あなたが何も言わないものだから、居座る気満々じゃありませんか、あのひとたちは。少なくとも次の春までいるつもりなのは確実ですね。その話をしているのを何度も聞きましたよ、私は」

Fはくどくどと言い続け、そのことは別段かまわないし、問題ではないと私は答えた。子供のころ親に連れられて裕福な親族の屋敷で冬越しをしていたと夫から聞いたことがあったし、言うまでもなく秋の収穫のもてなしは慣習でもある。葬儀がちょうど秋の入りだったこともあり、客寝室の連なる北棟で荷解きした親戚たちはそれ以降じっくりと腰を据え、一日六食ひたすら食べ続けていた。朝昼晩と午前と午後のお茶、胃にもたれそうなたっぷりの夜食——夫の側の親族に扱いの難しい者はおらず、ほとんどが単純な田舎の老人ばかりなのは幸いだった。これが私の側の親族だったらと思うとかなりぞっとする、しかし海を隔てた距離が自然な疎遠の理由になっていた。従って食堂と大台所に出没する以外にかれらが邪魔になることもなかったのだが、たまに私とFの立て籠もる区画にふらふらと入ってこようとすることもあり――腹ごなしの運動のためらしかった――すっかり意気消沈した様子の犬たちがしきりにうろつき回ることと合わせて、その秋は何かと足元が定まらず、落ち着きのない季節であったことは確かだった。

そしてある朝とつぜん書斎の窓が明るくなり、庭のすべてのフウの大木がざわざわと音を立てんばかりに黄葉していたのだった。見て見て、と夫の姪が窓辺で大きな声を出したので、振り向いた私は初めてそのことに気づいた。出窓の縁に登った姪は膝立ちになって明るい窓ガラスに張り付いていたのだった。

「あの子をここへ入れるのはやめてもらえませんかね」出勤してきたFが渋い顔をした。「調理場の女たちが、刃物の数が合わなくて困ると言ってますよ。これ以上のごたごたは御免蒙ります」

「台所に行ったの」私は姪の背中に向かって尋ねた。

「今日は行かない。村へ行って遊ぶの」身軽に飛び降りた義理の姪は髪を靡かせてどこかへ駆け出していき、しばらくすると犬といっしょに庭へ出てくる姿が窓の外に見えた。私が見下ろしているとも知らず、彼女は明らかに目標を定めてもっとも大きなフウの木の根元へと一直線に遠ざかっていき、片手で幹に触れると探し物でもするふうにぐるぐると周囲を回り始めた。犬は構って欲しそうにまつわりつきながらしきりに地面を嗅いでいた。

それではあの子にも見えたのだ、私は思った。見てと言ったのは、黄葉のことではなかったのだ。

ひっとFが息を吸う声をあげた。およそそんなことだろうと見当はついていたが、見れば壁一面の書棚のすべての本が正確に一冊置きに飛び出しており、目覚しいとしか言いようのない有り様と化しているのだった。「――だから誰がこれを片付けるんですか」気を取り直したFが怒り始めたが、数頭の狩猟犬が部屋に入ってきたことに気づくと滑稽なほどの敏捷さで椅子のうえに飛び乗った。大の犬嫌いなのだ。

姪は気の毒なことにトマジという奇妙な名だった。名づけをした変わり者の母親が再婚する折に幼い娘を置いていき、親戚のあいだを転々としながら育ったのだが、その生育歴がこれらの不可解な現象に関係しているのかどうかは私にも誰にもわからなかった。最初に会った折には妙に気難しい顔をした幼女だと思ったものだが、十年後の今では見た眼にはごく普通の痩せぎすな少女であるに過ぎない。去年か一昨年あたりからぽつぽつと起き始めた小さな変事と、トマジの時おりの滞在とを最初に結びつけて考えたのが誰だったか覚えていない。このくらいの年頃の少女がいる家に限って起きる奇妙な現象についてはわりあいよく知られている事実であるらしく、言われてみれば私も十代始めのころは手を使わずに銀のスプーンの柄を曲げることができたものだ。

葬儀に合わせて親戚たちといっしょに舞い戻ってきたトマジは再び賑やかな異変を引き連れてきた。と言うより、明らかに以前とは比較にならないほど強力に威力増大《パワーアップ》していた。そのため事態の様相は複雑になり、真実が見え難くなったのだと後になってそう思う。たとえば〈首〉が誰なのか私は当初から知っていたが、皆はトマジの側に因縁を求めてしまったのだ。年長の夫とともにほとんど屋敷に籠りきりだった私に較べ、トマジは子供らしく折々に村のむすめたちと遊びながら育った。深夜の村はずれを練り歩く謎の行列がひとびとの耳目に触れるようになったとき、かれらの眼は私でなくトマジへと向いたのだった。わかりやすく屋根に石を降らせたり、火の気のない部屋で蠟燭の芯を発火させたりする彼女のほうに。

フウの根方に立つようになった白いむすめは明らかに私に向けて銀の皿の首を差

し出していたのだったが。

フウの木の幹は梟《フクロウ》の背中に似ている。木の種類によって幹の肌も違うということを私はこの屋敷に来るまで知らなかった――プラタナスの節くれだった地図状の幹、松の険しい幹、白樺の横筋の入った滑らかな幹。フウのまっすぐな幹は細かい亀裂でみっしりと覆われ、乾いた灰いろに褐色が混じったようなその色調がどう見てもある種の梟の背中そっくりだ。おまけに下枝を掃った痕が〈長い上瞼のある眼玉〉としか言いようのない瘢痕となって盛り上がっていることが多く、一階の食堂などから見渡すと時にどきりとさせられることがなくもなかった。幹幅いっぱいに見ひらかれた梟の丸い眼が、それも縦に幾つも並んだ大小の眼が、黄色い葉陰からこちらを凝視しているように思われるのだ。

白い霧が流れる秋の朝には、食堂にいても梟の眼は見えない。私たちは銘々でベーコンや掻き卵、各種のパンにジャム等を皿に取り、席で食べながら部屋が暖まるのを待つのだが、季節の使い始めの暖炉は風の通りもわるく、広いだけが取柄の食堂はなかなか思うようには暖まらない。遠縁の年配者などは見た目かまわず毛布やショールで団子のようになっており、給仕人に小言を言う暇には私の日常を詮索してくるのが困りものだった。私とFの食事は夫の書斎に運ばせることが多かったのだが、日に一度か二度は食堂へ降りて顔を見せなければ煩かったのだ。

まさか墓所の茸《きのこ》ではあるまいねこれは、とその朝言い出したのは確か伯父の妻の兄か弟だったと思う。かれは誰も聞いていないのに、墓所の掃除に出かける使用人が手間を惜しんで食用の茸採りも一緒に済ませていたという話を延々と続けていた。別のテーブルでは痛風についての話題が一巡したあとで、羽毛蒲団の重ね増しが必要であることを訴える組もあり、難民収容所のようだとFが陰口をきくのももっともな有り様だった。私はといえば、ちょうど里方から届いたばかりの手紙のことで気が重かった。

「昨晩は犬が煩かった。眠れなかった」

茸の話を終えた伯父が――面倒なので、年配の遠縁者たちはすべて伯父ということになっていた――皿にフォークを置いて言った。今回の発言には賛同者が多く、会話はにわかに活発になった。

「充分な栄養と睡眠、これが長寿の秘訣ですよ。私、長年研究しておりますが、春先の毒出しと回復のためには何と言っても秋のあいだの養生が大切ですな」伯父は得々と続けた。「昨晩のように眠れないことがあっては困る。私はこのあともういちど寝室へ行くが、犬のことはどうするつもりかね」

かれは私のほうを向いて言うのだった。

「まったくね、何かあったのかと思いましたね私も」団子組のひとりが口を挟んだ。「しかしこの茸のソテーはうまい。ソースに秘訣があるんでしょうな、いろいろ刻んで混ぜているようだが」

「墓所の茸でないのか、はっきりするまで食べられないと申しませんでしたかな」伯父はむっとした顔をした。「使用人はよく監視して、墓所の管理はひと任せにしてはいけない。犬の数が多すぎるのも問題だ」

「犬を処分するわけにもいかんでしょう、あれはいろいろと役に立つものだ」

「処分しろとは言っていない。数が多いと言っているだけでしょうが」

吠えさせないことは難しいが、なるべく犬舎に隔離するということでご了承願えないだろうか、そのように私は言った。「墓地の管理でしたらひと任せにはしておりませんし、その茸は召し上がって頂いても大丈夫だと思いますよ」

「昼飯にはニンニクと葱入りの茸スープを願いたいね。あれはうまい」別の団子が言った。「むしろ問題なのは、村の鳴り物を許しておくことではないのかな。喪中だというのに」

「あたしはお母さんのところに行くの。養女にはならない」そのとき背後からトマジの高い声が聞こえてきた。彼女は女だけで固まったテーブルにいたのだ。

「まあ、そんなこと言ってもお母さんにも都合があるでしょうに」〈伯母〉たちのひとりが慌てたふうに声を低めて言った。「あなたのことは大人たちでちゃんと考えてあげているのよ——それにしても、村の子供と遊んでばかりいるのも考えものだねえ、まったく男の子だったらよかったのに」

「笛の音が聞こえたんですよ。ちょうど犬が吠えていたときに」と団子はじぶんの話を続けていた。「ひどく下手くそなので、かえって耳についた。昨晩は冷えたでしょう、蒲団が物足りなくてどうしようかと考えていたら聞こえてきたんですよ。あれは何だか妙な感じだったなあ」

「あたしは冬を見たいの。村へ行って暮らしてもいいな、＊＊小父さんの家でもいいし」背後のトマジが元気よくFの名を言った。「村の子たちは相談して、笛の行列を見に行くんですって。怖がる子もいるけれど、あたしは怖くないと言ってやったの。銀の皿の首が――」

名前を出されたFが慌てて飛んできたために、会話が聞こえてきたのはそこまでだった。かれは食堂の端の別テーブルでお茶を飲んでいたところらしく、私も席を立つにはちょうど都合がよかった。

「あの子のたわ言は本気になさらないで下さいね、その気にさせるようなことは何も言ってませんよ」廊下に出てからFは一通の封書を差し出した。「私のところにも昨日届いたんです」

海を隔てた私の里方からFに届いたのは、他でもない相続の詳細についての問い合わせだった。差出人は私宛とは別の者で、思いがけないことに私の叔母の夫に当たる人物だった。父の妹である叔母は――私の母とは犬猿の仲だった――やはり昨日手紙を寄越しており、子供がいない以上は私が実家に戻って病み上がりの母の面倒を見るべきだと主張していた。私の結婚後間もなく祖父ほどの年配の父は亡くなっており、その折の私の帰省でごたごたしてから実家とはすっかり疎遠になっていた。先に母から届いた通り一遍の悔やみの手紙では、その種のことには何も触れて子を迎えにやります、と叔母の手紙は締め括られていた。息子の都合もあるので、早急に返事をと追記したうえで。

食堂で派手な物音とざわめきが起き、トマジがまた何かしでかしたのだと見当はついたものの、それどころでなく私はひたすら気が重かった。叔母の息子、つまり私の従兄弟は、私がもっとも会いたくない人物の筆頭に当たる厭味な男である。いい歳をして未だに独身であるような文面も気がかりで、そのためにも私の身分を保証する書類の完備は早急に必要だと思われたのだった、そのときには。

明らかに泣きながら庭へ飛び出していくトマジを見かけたのは、たしか階段室の踊り場の大窓からだったと思う。あとになって考えてみると、犬たちはちょうど餌の時間で大台所の裏手に集まる頃合いのことだった。霧はようやく晴れて窓辺にはうら侘しい秋の陽光が射し、複雑に透けるフウの枝越しに私はその日も白いむすめが立つ幹の根方を見通すことができた。テラスの石段をひとつ飛ばしに駆け下りたトマジはぽつんと熊手が置き忘れられた芝の斜面を長々と突っ切っていき、そして向かう先にあるものはひとつしかなかった。——傍らで怪訝そうに私を待つFにはそれが見えていない、親戚たちにも使用人にも何も見えていないことはよく承知していたものの、走るトマジが最後に右の拳を振り上げたときはさすがに私も驚いたものだ。駆け寄る勢いのまま、彼女が力いっぱい平手で叩いたのはフウの幹だった。わずか一瞬の差で、白いむすめは銀の皿の首ごと消え失せていた。

村はずれを練り歩く笛や鈴の行列とやらは、私は結局のところ見に行かず仕舞いになった。自宅の庭に見えるものだけで充分だったし、深夜ともなれば奇妙に調子の外れた笛の音は切れ切れにここまで届いてきたのだ。

トマジは反対を押し切ってこっそり夜に出かけていったらしく――泣いて怒っていたのは、むろんそのためだ――黙ってはいたが喋りたくて仕方ない様子がありありと見えていた。「あの朝、予備テーブルに積み重ねてあった取り皿がぜんぶ割れたんですよ。テーブルの真ん中にあったのに、噴水か滝のように床めがけて雪崩れ落ちて」――そのように伯父伯母たちと給仕人は同様の証言をして私に訴えたが、朝食用の取り皿ならば伝来の磁器の類いではないし、そのあたりは案外わきまえているのかもしれないと思ったものだ。

笛を吹き鈴を打ち鳴らす白衣の乙女たちの行列について、知らない者はすでになかった。それは夜更けの寂しい村はずれで頻々と目撃されており、村のむすめたちなどでは決してない、ひとめ見れば誰でもわかるともっぱらの評判だった。先頭に立つのは銀の皿を両手で捧げた乙女であるということも。皿に載った若いむすめの首には名がついており、ドロテアの首と呼ばれていた。乙女の純潔を守るために結婚を拒んで斬首された殉教者、聖女ドロテアの名は誰が思いついたのか知らないが、なるほど首に似つかわしいように思われたものだ。それでもかなり深さのある皿に収まったそれは、遠目には単に若いむすめの首としか判別できないだろうと私は密かに考えたのだったが。——叔母夫婦からそれぞれ手紙が届いたのが収穫月の終わり、私は勢いにまかせて返事を書き、送り出したあとはすっかり忘れて日々の出来事に忙殺されていた。月は変わってすでに祭礼月となっており、極月に入るまでにはおよそのことにけりをつけておかねばならなかった。私の手紙と入れ違いに海の向こうでは従兄弟が書いた手紙がすでに発送され、刻々とここへ近づきつつあったとはこのとき知る由もなかったのだが。

隠し金庫を探していたFが犬に好かれて怪我をしたのもこの頃のことだ。

「犬舎にいちにち閉じ込めておけとは申しません。しかし私の邪魔だけはさせないで頂きたい」

村の自宅で数日寝込んだFを見舞うと、左足を高くして横になっていたかれはぷりぷり怒りながら私に言った。閲覧室の梯子から落ちたのだが、どういう経緯で落ちたのか本人が口を緘して不明のままだった。呻いているところを発見されたとき、Fの傍らには人懐こい狐狩り犬のテリアがいて、一生懸命にかれの足首を舐めていたそうだ。この犬種は小さくても驚くほど高くジャンプして飛びついてくることがある。

帰りがけ見送りについてきたFの妻は、トマジに用を言いつけて台所へ行かせてから——彼女も見舞いに同行していたのだ——私を脇部屋に招き入れるという技を用いた。「あの子は石を降らせるし、誰もいない部屋で物を移動させます。あの子がいるときだけそういうことが起きるのです。確かです」

Fの妻は息子たちを立派に育て上げ、今は孫である幼児を抱いているところを何度か見たことがあった。「今に誰かが怪我をします。いえ、夫の怪我は別ですが」彼女は笑った。「それでも夜に出歩かせるようなことをなさってはいけません。妙なものがあらわれるのは、あの子のせいだと考える者もいます。あなたの評判にも関わることですし」

焼き菓子を抱えたトマジが戻ってきたので、私は礼を言ってからFの家を辞去した。

帰路は森に沿った緩い登り坂で、晩秋の彩りは淡色に濃い色を重ねて豪奢をきわめ、そろそろ落葉が始まっていた。空気は澄んで冷え込んでおり、考えてみれば私の外出は実に久々のことだった——森の墓所へ通う折りを除いては。連れ立って歩くトマジは妙にもじもじしていた。村の往来で少女たちといっしょにいるところに出会い、ちょうどFの住居の手前だったので見舞いに同行することになったのだが、ここで初めてふたりきりになったのだ。幼いころからよく知ってはいるが、彼女はどちらかといえば私の夫のほうに懐いていた。

「あなたはじぶんのお母さんと十年も会っていないんですって」トマジは言った。

「それってほぼ互角の勝負よね、あたしと」

口の利きかたが乱暴なのは確かに問題だと考えながら、私は返答に迷った。結婚すれば話は別だと答えれば、トマジの母親の再婚を当て擦ることになる。客棟から私の棟に寝室を移してみるのはどうか、と私は話題を変えた。監視するためでしょうと言いたそうな顔を相手はした。

ふたりとも同じことを考えているのだと互いにわかるのは気まずいことだった。フウの幹を背にして立つ白いむすめのこと、それが見えるのは屋敷では我々ふたりだけであるらしいこと。トマジが夜に抜け出して見てきた行列のこと。

「あれって、犬が庭にいるときはいないのよね」

トマジが言い出したとき、きゃあきゃあと背後で少女たちの黄色い悲鳴があがった。振り向くと、いかにも物影に隠れながらここまでついてきたという様子の村の少女たちが散り散りになって逃げ去るところだった。横手の茂みからちょうど出てきたところらしい伯父たちが道端で憮然としており、その様子と私の顔を見比べながら一瞬だけ逃げ遅れた組があった。村の往来では見かけなかった年嵩のむすめたちで、私と眼が合うと顔を赤らめ、去り際にひとりが明白な怒りの表情を向けてきたのが印象に残った。

腹ごなしにさんざん歩き回ったのに茸が見つからない、と年配の伯父たちは不機嫌だった。

「墓所の見回りにも行ってみたが、あちらの沢のほうでは茸の種類も多かった。もちろん採らなかったが」

「小腹が空いた。運動にはなりましたな」

「お墓が綺麗だったねえ」ひとりだけ混じっていた伯母が言った。「新しい飾り花がたくさんあって。何だか大勢のひとが来て置いていったような感じがしたけれど」

村の者が来てくれたのだと思うと私は言った。

「でも可愛らしいリボンつきの摘み花ばかりだったよ。女の子に人気でもあったのかね、まさかね」伯母は不審そうにしていた。「さっきの子たちとかね」

「それ馬鹿みたい」トマジが言った。

「まあまあ可愛らしいこと」と伯母は急に口調を変えて、「花を持ってきてくれるなんてねえ、女の子のしそうなことだね」

「馬鹿みたいだから」

頭上の高い枝がぽきりと乾いた音をたてて折れ、幹に石が当たって跳ね返る音がした。誰もが押し黙り、やがて地面に芝草の混じる敷地のはずれが見えたときにはあからさまにほっと空気が緩むのがわかった。伯父たちは賑やかに四時のお茶にかける期待を述べあい、ほつれの出たショールを掻き寄せて伯母は恨みがましげに私の顔を見た。

それがいつからフウの根方に立つようになったのか覚えていない。そこにひとがいる、それはそこにいると、いつから意識するようになったのかということも。

晩秋の侘しい晴天がつづき、音をたてて鳴り響く樹木に耳を傾けるように白いむすめは立っていた。銀の皿の首を両手で捧げ、秋の自然と一体化して、それは落ち葉焚きの煙や腐葉土の湿気を吸い上げてひとのかたちにまで生い育った巨大な白い茸であるように見えなくもなかった。私はいつも遠くから、夫の書斎の窓から、見るともなくその一部始終を眺めていた。視線をわずかな角度だけ外して戻すと姿が消えている、あるいは何度も復元と消失を繰り返すことがあり、生きているものではないことはよくわかっていた。ところどころもったりと波打ちを含んだガラス越しの光景は微妙に歪み、希薄な陽光に飾られたフウの林はいつも捉えがたく焦点がぼやけていた。葉陰になったむすめの色のない髪や曖昧な眉目は肌に滲むようで、差し出された露わな両腕は白く、よく見ると長い薄衣を胸元で締めていた。

皿の首が誰なのか私は知っていたが、それが私に対して何かするとは思われなかった。

フウの木がざわざわと音をたてて薄い金の葉を散らすにつれて、それは落ち葉の渦に掻き消され、最初から何もなかったように埋もれていくようにも思われた。夜更けには寂しい村はずれで笛の音など引き連れて歩いているというのはどういうことなのか、よくわからなかった。乙女たちの行列はどう見ても全員がおなじ顔のようだと村の噂は言い、哀れに調子の外れた笛や鈴の音は動物が一心にひとをまねるようだとも言われていた。あるいは闇夜には私の無意識の一部はフウの木の下にいて、素足で土を踏んで立っているようにも感じられた。小さな毬《イガ》の散らばる地面の湿り気を足の裏に感じ、重い皿を両手で捧げ、広い芝地と石段に囲まれた夜の屋敷の全景を臨み。

さほど悲しむ様子でもない——食堂や廊下を通り過ぎるひとの会話が非難めく口調でそのように聞こえることがあり、確かに私はあまり悲しんでいないのかもしれなかった。倒れて激しい鼾をかいているところを発見された私の夫、数日眠り続けて逝ってしまった夫は今もどこかの寝室にいて、冬の夢を見ているだけのようにも思われた。体温が失われ鼓動が感じられなくなることがすなわち死というわけではない、そのように私に教えたのは他ならぬ夫自身であったので。

三日ほどの休養を経て復帰したFは再び隠し金庫の調査に取り組んでいた。婚姻証明書のほかにも結婚当時に作成した同意書などに欠けが見出され、これはどこかに隠し金庫があるためだとかれは考えたのだった。しかし靴が履けないほど腫れ上がった足首は依然としてそのままで――屋敷までは荷台に揺られながら通ってくるのだった――こうなれば古くからの使用人たちをなかに入れ、手を借りるより他に方法はなかった。私としても出来る限りの努力は惜しまなかったのだが。

犬は駄目ですそれだけは、Fが切に乞うので、日中の仕事時間帯のみ犬たちは夫の部屋部屋から締め出されることになった。犬舎に隔離されることも多くなっていたため、よく躾けてはあったものの、犬たちの眼には静かな鬱屈が溜まっていた――私の義理の姪のように。

トマジが再び窓から抜け出したのは、従兄弟からの手紙が到着した日の夜のことだった。

ちょうど隔日の墓所参りから戻ったときに問題の手紙は届いた。立ったまま襟巻きも外さず私は眼を通したが、立ち眩みがするような言い草にそのまま床に落としてしまうところだった。——思いやり深い提案に同意する返事を待つつもりだったが、しかし女のあなたからは恥じらいもあって素直には言い出しづらかろう。それと察してやらなかったじぶんが悪かった。この週末は外せない夕食会があるが、週明け早々には当地を出立するので安心して待つように。途中の船路の無事を祈ってほしい、云々。

さらにいろいろ書いてあったが、何より私が憤怒にかられたのは従兄弟がこの月の下旬にやって来るつもりでいることだった。選りによって祭礼月の下旬に——私の脳裏には、十年まえの父の葬儀の折に会ったときの従兄弟の顔と姿がありありと蘇っていた。それは憎々しいことに動いて喋りだし、しかも他でもないこのフウの木屋敷の客間に陣取って得々と喋りたてているのだった。「——やはり、頼りになる近い身内の男が後見人にならねば。夫を亡くした哀れな未亡人を見過ごしにするなど」「あの無能な管財人、あれはすっぱり馘にするとしてですね」「この私は冬のあいだを無為に過ごすようなまねは決して致しませんからね。おお、女のあなたは別ですよ、何しろ女ですからね。私が所持万端取り計らってお守りする所存ですので、どうぞ安心してごじぶんの寝室にいらして下さい」

そしてかれの顔はにやつきながら私に迫り、このように付け足すのだった。

「仲良しの私の妹のことを覚えてらっしゃるかな。今ではいい子持ちですが、すっかりその気になっているので後からここへ来るかもしれません。久々の再会を彼女も楽しみにしているようですよ」

妄想があまりにも真に迫っていたために、私は叫び出しそうになった。従兄弟が来るならばかれの妹も来る、きっと来る。筆頭の二番目に会いたくない人物である従姉妹のことを十年ぶりに思い出し、私は憤りにまみれた。フウの木屋敷で冬のあいだ我が物顔にふるまうふたりの姿を想像しただけで、震えが来るほど我慢がなりかねた。しかも私はどうすることもできないのだ。

叔母夫婦に宛てた私の返事はおそらく従兄弟の出立と入れ違いで届くか、もしくは間に合って読んだとしてもかれは無視して出発するに違いなかった。もはや書類の捜索などどうでもいい、何とかして従兄弟たちを排除する手立てはないものかと私はFを捜しに行ったが、思いがけず反対に私を捜していた伯父たちに捕まることになった。伯母のひとりが早くも眠ってしまったというのだった。

「ショックを受けていたのではないのかな。あのときのことだが」

ほつれの出たショールを肩に巻きつけたまま、伯母はじぶんの寝台で眠っていた。体温は著しく低下し、呼吸は浅く脈拍は数分にいちどになっており、明らかにこのまま春先まで目覚めることがない状態に入っていた。極月が来るよりかなり早くにこの状態になることは例のないことではないが、珍しいことではあるようだった。眠りのなかへ逃げ込んでも、彼女はやはりどこか恨みがましげな表情をしていた。

「このまま寝かせておいて問題はなかろうが、冬寝室の内鍵はじぶんで締めるのが決めごとだからねえ」

夫婦で滞在していた伯母の夫は寝台脇の椅子にかけて弱り顔をしていた。鍵なしで済ませるか、いっそ夫婦で冬寝室を共有することにしてはと周囲が熱心に勧めたため、不承不承かれは承諾した。歯軋りがと最後まで抵抗していたが、冬に限ってその心配はない筈だと皆が内心でそう考えた。――トマジはその場にいたようでもあり、まったく姿を見なかったと言う者もあった。私はFを捕まえて話し込んでいたために夕食に遅れ、さらに軽い夜食も部屋まで運ばせたので、その日彼女がいないことに最後まで気づかなかった。要は手に余る事態や日々の雑事に忙殺され、義理の姪のことまで考える余裕がなかった訳だが、後日私はそのことを悔やむことになる。

歳の離れた夫と結婚してこのフウの木屋敷にやってきたのもやはり秋のことだった。そのときは冬の夢を見るんだよ――外遊中の旅行者として知り合ったばかりのころから、かれはたびたび私に語り聞かせていたものだ。結婚すれば婚姻の契約と同意によって冬寝室に入ることになるのだということも。その年の極月に入る前日に私たちは冬寝室に入った。

内鍵のある部屋にひとりで入るのが決めごとだったが、私の不安があったのでかれと同室することになった。梟の背中に似たフウの木が葉を落とすにつれて動作は緩慢になり、厚い衣類を重ねても鬱々と眠気が差すようになってはいたものの、厳しいほど簡素な火の気のない北向きの寝室でほんとうに眠ってしまえるのかどうか心配でならなかった。入室の翌朝には夫の枕の下にある鍵を使って内鍵を開け、うろうろと使用人たちに助けを求めに行くはめになるように思われた。「冬の夢を見なさい」私を脇に抱え込んで夫は穏やかに言った。しばらくのあいだは祭礼月の夜に村で見たばかりの火の行列や丸い眼玉のあるフウの林の光景が切れ切れに浮かび、やがてそこに白いものが散り始めた。それ以来、冬の景色は私の夢のなかだけにある。

私が新たな不安を感じ始めたのは従兄弟が乗り込んでくるとわかってのち、気がかりな夢から醒めた翌日のことだった。

「風邪が感染るからあまり近寄らんで下さい」

前日から具合が悪そうだったFはその朝ひどく咳き込んで機嫌が悪かった。「怪我はするし気分は最悪だし、ああ災厄だ災厄だ」

結局のところその日はFだけでなく多くの者にとっての災厄の日となる。

隠し金庫を見つけるためならば壁や家具を壊してもいい、どこでも好きにして構わない、急に私がそう言いだしたので、Fは鼻を拭きながら怪訝そうな顔をした。トマジがうろうろしているのは見えていたが、昼になる前にはまた見えなくなっていたように思う。

「従兄弟さんが来られるんですよね。何が心配なんですって」

内輪のことまでは言い出しかねていた私がしどろもどろに説明を始めると、Fは途中で遮った。「あなたが帰れと言えば済むことでしょうが」

面倒くさそうにかれは鼻声で言い、嚔《くしゃみ》をしてから苦笑いした。「従兄弟さんには何の権利もありゃしませんよ。もしもお休み中に来られるなら、何なら一筆書いておいて下さればそれでもってお引き取り願いますよ。面倒なら書かなくても結構です。まったく何の心配をしているやら、そのひとにはお茶の一杯もお振る舞いしておきますかね」

しかしFの妻が託した私宛の手紙はこのときかれの上着の内隠しにあり、その日午後早めに帰宅して叱り飛ばされるまでずっとそのままだったのである。

私が内心で不安を感じたのは別のこと、つまり婚姻の契約と同意が夫の死後も実際に有効であるのか否かということだった。これはもちろん書類上の問題を言うのではなかったが、工具を手にした使用人たちが眼のまえで壁や床を叩き始めるとさすがにそれどころでなく、私は次々に対応に追われ、落ち葉焚きの白煙が濛々とたなびく庭の景色についても注意を向けるどころではなかった。もともと犬やひとが庭にいるときはフウの根方は無人だったのだ――このようにして私は夫の書斎で

〈ドロテアの首〉に出くわすことになるのだが、その場に至るまでにはまだ少しの時間がある。

「あれは火事の煙では」

誰かが言い、あちこちでざわめきが起き始めたのは午後三時を回ったくらいのことだったと思う。

落ち葉焚きの燻り臭い煙が流れていく林の遠方で、昼火事の濃い煙は見間違いようもなくくっきりと上空へ立ち昇っていた。火の手は一箇所のみで、村のどのあたりとも見当はつきかねた。熱が出て早仕舞いしたFはすでに帰っており、村に自宅のある使用人たちも小走りになって続々と帰宅を始めた。この時点でようやく私は昨日から義理の姪の顔をろくに見ていないことに気づいたのだったが、客棟で退屈していた親戚たちはまったく当てにならず、火事見物に行こうとあからさまに喜色を浮かべて浮き足立っている始末だった。

「しかし皆を帰してしまうと、夕食の支度はどうなるのかね」

トマジをよく思っていない伯父たちは私の心配に耳を貸すことさえしなかった。

「だから、養女にするのかしないのかはっきりさせていないのが間違いの元だね」

誰かの妻である老伯母が言った。「あの子に責任を持つ者がいない。ご亭主は何か言い残さなかったのかね」

十年余り子供を授からないまま問題を先送りにしていたのは確かなことで、夫が私に言い出しかねていたこともよくわかっていた。あれやこれやで頭が一杯になり、結局そのまま私が表棟まで戻ったのはたしか襟巻きを取りに行ったのだと記憶している。トマジを捜しに村まで行くべきかまだ迷っていたが、とにかく寒かったのだ。書斎を通ったのは開け放しが気になったためで、私は床に落ちたものを拾い上げ、抽斗を閉じたりしながら急ぎ足でその場所までやって来た。あまり自然に見えたので、最初私はそれとわからなかった。

首は確かに死んでいて、生きていたときよりも思慮深く賢しげに見えた。フウの木の下では遠すぎて朧気に顔立ちがわかる程度だったが、その日夫の書斎で前触れもなく出くわしたそれは確かに〈ドロテアの首〉とでも仮に呼んでおくしかないようなもの、私の見知っていた愚かな村のむすめとは相容れない何かまったく別のものだった。愚かしさや業の深さ、我というものが消えてなくなっただけでここまで印象が変わるものか——立ち竦んだまま、何より先に私を捉えた感慨はそのようなものであったように思う。夫のときの顔ならば私はまともに見ていない、涙で眼が潰れていたから。

そのとき晩秋の遅い午後の陽射しは書斎の空間に斜めの筋目をつけて侵入し、思いがけないほど奥まったあたりの床に小さな陽だまりをつくっていた。同じ階の一帯には人声もなく、遠い犬舎の方角で複数の犬がしつこく吠えていた。背後で柱時計の振り子がゆっくりと時を刻む音がつづき、少しだけ速くなった私の心臓の鼓動を規則正しく区切っていた。じぶんでは平静でいるつもりだったが、あとになって思い出してみればそうでもなかったのかもしれない。つい眼のまえの壁に一匹の巨大なスズメバチがとまっていることに気づき、それきり眼が離せなくなってしまうように——さすがに幾分かの恐怖を感じていたのかもしれない。

銀の皿に載ったむすめの首は、陽射しの届かない薄暗がりになった夫の書き物机のうえにあり、夏以来雑然と積み重ねられたままの革装本や地球儀やその他の古道具類に入り混じってほとんど目立たないほどしっくりとその場の空気になじんでいた——虚栄《ヴァニタス》や死《モルト》の寓意として描かれた静物画の場面のように。額の中央で左右に分けられた淡色の縮れ髪が豊かに皿から溢れ出て古書の背表紙やインク壺に触れ、かつて激昂して激しいことばを吐いたことがあるその顔は今は恬淡《てんたん》として、伏せた睫の陰でじぶんだけの考えに耽っているように見えた。顎から下は皿縁の立ち上がりに隠れて見えず、骨ばった男顔の鼻梁から頰骨にかけての生白い皮膚に生前どおり多数の淡い雀斑《そばかす》が認められたことを妙によく覚えている。それは墓暴きに遭った首などでは決してなかった、何故なら死んだと聞いてからすでに二箇月近くが経過していたからだ。——そしてまったく唐突に、首はずっとここに入ってきたかったのだと私は理解した。それ以上でも以下でもなく、ただ入ってきたかったのだと。しかしそれまでは叶わなかったのだ、いつもひとや犬がいたので。

首が誰なのか村で気づいて噂になることもなかったのは不思議なことだったが、もしかしたら薄々それと気づいた者がわざと聖女の名を取って名づけをしたのかもしれない、ふと私はそのように考えた。そしてやはりひとびとの眼にはそれはまったく違ったふうに見えたのだろう。笛や鈴の音を引き連れて練り歩いていた〈銀の皿のドロテアの首〉は——しかし村の少女やむすめたちの共同体《コミュニティ》内では事情はまったく異なっていたことがのちになって判明する。

「中にいらっしゃいますか」そのとき戸外から大声で私を呼ぶ者がいた。

Fの妻が使いに走らせた村の若い者だったが、かれが来て呼ばなければ私は魅入られたように首を見つめたままいつまでもあれこれ物思いに耽っていたのではないかと思う。

気づくと首はそこになかった。積み重なった大型本や古道具で隙間は埋まっており、銀の大皿が載るだけの空白は机上のどこにも存在しなかった。

以下はほぼ余談であるが、私が思いついて代々伝わる書き物机を徹底的に調べさせたのは後日のことになる。首があったちょうど真下あたりの抽斗の奥に隠し場所が発見され、錆びついているのを無理に動かすと底板が割れ、中にあったものがそっくり床へと雪崩れ落ちた。錆のきつさから察してそれはずいぶん古い昔からそこにあったものと思われたが、埃とともに落下したのは古色蒼然とした版画のコレクションだった——散乱して重なり合った紙面に多色刷りの腕や脚や顎の括《くく》れた顔が複雑巧緻に絡みあい、その場は俄かに季節はずれの艶《あで》やかな花々が咲いたようだった。

あら、と横で見ていたFが口のなかで呟いた。婚姻証明書その他は洩れなく別の隠し抽斗から発見された。

右腕を折ったトマジは骨折したままの状態でその年の冬寝室に入ることになった。納得しないまま、不満と不足を呑み込めないまま泣いて泣き続けて寝入ってしまったのだが、怪我のショックによる発熱と発汗、涙で逆上《のぼ》せた若いからだが見る見る冷たくなっていったときの私の不安と心配といってはなかった。眠りたくない、トマジは何度も言い続け、助けてとも言った。私はあなたのようにはならない、なりたくないとも。

「怪我をしたまま眠ると、治りが遅くなるというよ」

看護を手伝った伯母たちのひとりが言い、別の伯母は反対した。「春先にはちょうどいい塩梅に治りかけているよ。毒出しをして、からだがしゃんとするころには元通りだね」

村の火事は屋根裏つきの納屋を一軒全焼させて治まった。トマジはどうやら梯子を外されてその屋根裏口から落ちたらしかった。積まれていた祭礼月の薪の山がいったいどのような経緯で発火するに至ったのか、出火と落下事故はどちらが先でどちらが後だったのか、これもまた関係のあるむすめたちが口を緘して詳細は不明のままだった。夫の喪のことは気にする必要はないと私は会うひとごとに伝えていたのだったが、火祭りは行なわれず、薪の山は夏から積み上げられまま乾燥しきっていた。——トマジが冬を村で過ごすために画策していたことと、年長のむすめたちから脅されていたことの経緯は聞けば聞くほど縒り合わさった糸のようだった。最後になってFの妻に話を持ちかけたらしいのだが、彼女からの手紙はぎりぎりのところで私に届き損ねたのだ。夫に直接話しておけばよかったものを、ひどい風邪でとFの妻はすまながっていた。

トマジは火事のあった場所でなく墓所の敷地で発見された。日々愛らしい献花で埋もれんばかりだった夫の墓所——隔日に私が出向いて、あまり眼に余るものは取り除いていた墓の近くで。ここならば必ず私が来る、私の眼に触れるとわかって花々は置かれていたらしく、たまたま行き会って逃げ去るむすめたちを何度か見かけたこともあった。怒りとない交ぜになった感情をことさらに愛らしい花束の山で示威してみせた複雑さについて、私は理解できなくもなかった。首の主がかつて何度も私を待ち伏せていたのもこの場所だ。それは私が拒んだために愚かにも自死した村のむすめであるが——死にますがよろしいかと彼女は私を脅した——自死の件は内々に処理されたらしく、大人たちの口に上ることもなかったのだ。

白い大鼬の話を付け加えておかねばなるまい。

二度と見ることはないと私が勝手に思っていた白いむすめのことだが、その後どうした訳か数人の使用人たちによって目撃されることになった。村の火事から数日後のこと、犬舎の犬たちが扉の開くのを待ちかねたように猛然と駆け出したので、いったい何事かとかれらは後を追うことにしたのだった。前庭まで来てみると、犬たちはもっとも大きいフウの木に向けて風の速さで迫るところだった。全力で疾走する喜びに満ち満ちて、幹の根方めがけて直線の勢いで迫る犬、左右に散開して追い込んでいく犬、十数頭の猟犬たちがわらわらと飛び掛っていく先に白衣のむすめが——と思った途端、きゃっと叫んで皿を取り落とすのが見えたそうだ。

逃げたのは真っ白な大鼬だったと、かれらは口々に私に伝えた。空中に投げ出された銀の皿からころりと首が落ちて、それきり誰もドロテアの首を見ない。問題は鼬がいったい何だったのかということだが、それは今でもわからない、首の主に何か縁があるものならば話のつづまりがいいのだが、そこまでは無理というものではないかと私もそのように思う。

＊

その年、いろいろの調子が狂ったのか私は極月の上旬まで眠ることができなかった。証書の件は決着がついていたものの、夫が傍らにいなくなっても眠れるものか内心でひどく不安だったことを覚えている。客棟はとうに寝静まってフウの木屋敷は静かになり、私は秋の衣類にショールや毛布を重ねて炉辺で過ごすことが多かった。初雪が遅れて見られなかったのは心残りになったが、落葉しつづける背の高いフウの林がすっかり裸になっていくまでを私はすべて眺めることができた。

トマジの眠っている寝室には老伯母のひとりが大仰な寝巻き姿で入り、内側から音をたてて鍵を閉ざしていた。扉の外に犬が来て寝そべり、私が何度か見回りに行くたびにどこかの扉のまえで寝そべっている姿が見られた。この頃になると犬たちは私の眼を直接見返すようになっていて、申し訳程度に尾を振ってみせることもあった。思いがけず里方の母から再度の手紙が届いたのは、たしか極月の九日のことだったと思う。すでに体温が下がっていた私は眠くてたまらず、辛うじてそれを読むことができた。――義妹の息子が借金で首がまわらなくなって雲隠れしたらしい、と母は消息のあれこれに付け足すように書いていた。そちらへ立ち回ることがあっても追い返すようにと、どうやらそのことを主に伝えたかったようだった。いつまでたっても従兄弟が現われないことを私も不審に思っていたが、嵐に遭って南洋の小島まで流されていけばいい、と念じていたのは無駄ではなかった訳だ。葬儀にこちらから誰も行けなかったのは申し訳なかった、立場を悪くしたのでなければいいが、と母の手紙は続いていた。旅行鞄を持ち上げた弾みに腰を襲った〈魔女の一撃〉について綿々と訴えたのち、悔やみの手紙も義妹に代筆してもらう始末だったが、その後よくなったので春には一度そちらへ行こうと思う。代々伝わる田舎の古いお屋敷の春はさぞ美しかろう――そのように手紙は終わっていた。

トマジはこののち念願どおり母親のところへ行くことになる。変わり者の母親が再び未亡人になったためで、町の賑やかな冬については以前からさまざま手紙で書き寄越していたらしく、環境が変わればじぶんも母親のように本物の冬を見ることができるのではと期待に満ちていたそうだ。
私は――私はここにいて、今でもここにいる。夢には時おり春先の夢が混じるが、夫の書斎が今は私の冬寝室である。

影盗みの話

声はこのように語った。

――〈影盗み〉とは何か。〈影盗み〉とは誰か？

伝説は言う、すべてはかれの赤い右手の秘密から始まったと。〈影盗み〉と呼ばれる存在についての概要を一冊にまとめた赤い表紙の小冊子、通称赤本の冒頭は――誰もが知るとおり――このように書き出されている。

ずいぶんと気取ったテンションの高い書き出しであることは確かで、この調子で書き手の気負いこんだ顔が眼に浮かぶような文章がつづいていくわけなのだが、実際の〈影盗み〉たちの何人かと身近に接した経験を持つ身から言わせてもらうならば、現実の生活者であるかれらはいたって地味、と言うか、あえて表現を選ぶならばいかにも普通、である。

そう、町で擦れ違っても特別な印象を残さない程度に普通。昨日の夕飯に食べた腎臓と豆の煮込みのように、明日の朝食の燻製ニシンのように普通。

今夜の夜食の塩を振った生タマネギとおなじくらい普通。

その右手ぜんたいによく目だつ赤痣があり、時と場所を選ばずやたらに気絶して倒れていることがあるのを除けば、普通。

なのだが、その赤痣もかれらの手にあるならばドラマチックさがどことなく尻すぼみになり、気絶からきっかり五分後に覚醒したときには五分間のロスが何となくうやむやになっている程度に普通、なのである。

これは、失神して倒れるという本来は非日常である筈の出来事が、かれらにとっては日常の逃避行動に過ぎないためだと思われる。

以前、たいへん人のわるい知人がいて、手のなかに隠し持った鏡をかれらの眼のまえにいきなり突きつけて面白がる、という悪戯《いたずら》をどうしてもやめようとしなかったことがあった。大丈夫だいじょうぶ、鏡だって、そんなものは持っていませんよ、と口では調子よく言いながら眼は本気、片手でポケットの手鏡を握りしめているのだ。説得しても聞き入れず、実に困ったことではあった。が、しかし何というか、これは確かに面白い悪戯であって――などと一緒になって面白がってはいけないのだが――、鏡を見るのと失神して倒れるのとどちらが先か、というくらい反応が激烈で確実なので、五分間失神させておいてもっと何か悪さができるではないかなどとついついこちらも考えてしまうのだった。

悪戯の場合は別にしても、日常的に棒倒しになって倒れることがしばしばである結果、かれらは生傷が絶えなかった。そうするとどことなく苛められる小動物のような風情がただようので、保護欲をそそるようなところが確かにあった。

痛そうに血の滲んだ擦剝き傷と絆創膏のポエジー。

話題を修正する。

赤本についてだが、この小冊子はむろんのこと無料で流通している。一時期よほど大量に刷られたらしく、珍しいものではまったくない。判型は通常の小説本より気持ち小さめの変型、二つ折り針留め、怪しげな素性に似つかわしい粗悪な紙質で、表紙のくすんだ赤は右手の赤痣のいろということらしい。その時どきの行政側の方針によって地下出版の禁書扱いになったこともあったが、おおむねはさほどの害があるとも思えない啓蒙パンフ程度の扱いで今に至っていることは周知の事実である。食料品店や酒屋のカウンターなどに普通に置かれているのを今でも見かけることがあるが、胃の辺りがもやもやするのを感じざるを得ない光景ではある。

　発行者である某団体は発禁騒動の折に地下に潜り、そこで内紛があったとも離脱者が出たとも聞くが、その後の消息は途絶えたままである。とにかく大量に刷られていた在庫の山だけがあとに残ったということらしく、流通経路の管理をほそぼそと続けているのは一部の信者たちであるという話だ。

　気負いこんだ文体はともかくとして、この赤本がもともと世間に隠れて流布していた〈影盗み〉に関する口承を洩れなく集大成したという点で相当に出来のよい解説書であり、力の入った労作であることは私としても認めざるを得ない。冊子のタイトルは『〈影盗み〉伝説とその考察』とされており、全体の論調は世に隠れた〈影盗み〉たちの存在を炙りだし糾弾するものである。怪物、とその論調はためらいなく断じている。――その是非は置くとして、私の思うにこの解説書のもっとも大きな手柄は、伝承をまとめたうえで〈影盗み〉たちの成り立ちを構造として分析していること、すなわちかれらが言ってみれば設定の集積として成り立っているきわめて記号的な存在であることを洗い出した点ではないかと考えるのだがどうだろうか。設定の固まり、実際そうとしか呼びようのないほど、かれらは理屈に支配され理屈どおりに行動するのだ。

たとえばかれらは鏡を見ることができないこと。

不本意に鏡を見てしまうよりも先に失神するということ。つまり、かれらは鏡に映るじぶんの顔を見たことがなくじぶんの顔を知らないということ。

その理由のこと。

そしてどうした按配か、かれらが人生のかなり早い段階でいちどはじぶんの顔を見ようとしてじたばたと悪足掻きを始めるということ。

まるで判で押したように。

そう、かれらは実に手がかかる。と同時に、かれらは実に普通だ。

今日の夕飯の塩漬け豚とおなじくらいに普通。ざらざらと舌に残る塩の固まりのように普通。

かれらの右手首から先が赤インクに浸したような赤痣に覆われていることは例外のない事実であるが、このように律儀な目印をつけていることもまた、かれらがあまりにもわかりやすく記号的存在であることを強調しているかのようだ。右手の赤痣とはまた、何とも念入りに恐れ入ったことで、目印、以外の意味はどう考えても見つからないではないか。例の発禁騒動の折やその他のあらゆる〈影盗み〉騒動の折に、この目印は大いにかれら本人を悩ませることになったものだ。

〈影盗み〉たち本人に接して、観察したり直接質問を試みたりすることができた私の立場はかなり珍しいものだと思う。手袋や包帯で赤い右手およびその正体を隠したかれらはギルドの職人たちのなかに紛れて生活していることがほとんどで、少しでも人目を惹くことを避けたがるかれらの欲求は昆虫の擬態並みに徹底しているからだ。そこまでして市井に埋もれることを望むのならば、よりによって粘土を扱って葬儀用の彫像を製作する彫像師などという職業を選ぶのはたいへんな間違いだとしか言いようがないが、これはシャドウを産み出すかれらの赤い右手が本能的に粘土をわしづかむ快美から離れられないせいではないかと私は思う。これもまた理屈どおりに。

　私が試みた質問は、たとえば次のようなものだ。妙にこまごました質問が多いのは、その場その場で頭に浮かんだものという意味合いに過ぎない。直截に過ぎる質問を避けた理由は、想像してもらえれば充分である。

以下質問。

細かいことだが、鏡を鏡だとどうやって認識するのか？（これは例の悪戯の折に、明らかに鏡を見るより先に失神しているように見えたので）たとえば街角のウィンドウや夜の室内の窓ガラスなどが鏡になってじぶんの姿が映り込んでいる場合など、気づかないうちにじぶんの顔が視界に入っている状況は日常的にいくらでもありそうだが、これについて。自覚がないだけで、実際にはじぶんの顔に見覚えがあるのではという気がするのだが。

赤本を読んだことは？　あるとすれば、初めて読んだのはいつ？

眠っているあいだに右手が勝手に動いていると疲れるのでは。疲れない？

芸術家協会からのクレームあるいはブーイングの件について。しかしかれらは赤本の一部の記述について抗議しているだけなので、矛先はそちらに向いているのだから、関係ないかもしれないが。

組合員証の写真欄の空白。認可されない筈。

両手ききは訓練したもの？

じぶんのシャドウの顔をつけた影像を製作したのちに失踪した〈影盗み〉の噂を聞いたことは？

その他もろもろ。質問にはいつでも返答が得られたわけではない。

もっとも多く質問に答えてくれる機会の多かったかれ――仮にかれをBとしておこう。べつだんAでもかまわないのだが、アルファベットの先頭の文字ではいかにもかれには似つかわしくないように思われるので――Bの返答は概ねこのようなものだった。

不幸、もしも不幸について語ることを期待されているのなら、われわれは適任ではない。じぶんの手や足や腹や性器を含む全身が視界に捕捉できているのに、視点が位置するじぶんの顔だけが見えない、というこの状態を自然だと受け入れるならばわれわれはべつだん不幸ではない。背中の黒子をじぶんでは視認できないことと何ら変わりはない。のではないかと思う、おそらく。われわれが不幸なのだろうと考えたがる向きがあるのは理解できるが、そしてじぶんのイメージの中枢にじぶんの顔がないというこの状態に果たしてそれほど大きな意味があるのかどうか今ひとつ理解できないのだが、少なくとも確かに言えることはひとつだけあって、これは大きな幸福とも大きな不幸とも無縁な状況であるということだ。何か間違っているだろうか。

しかし意味のあることがまるで何もないわけではない、もちろん。たとえばわれわれを強固に捕らえている前提のことだが。盗み撮り写真を提示されて、しかるのちに今おまえはじぶんの顔を見ていると指摘されたら、というケースをわれわれはもっとも逃げ場のない事例のひとつとして想定しているのだが、もちろん倒れて五分後に記憶は消去されているだろう。何があってもじぶんの顔を認識できない、という動かせない前提についてさまざまに思いめぐらすとき、われわれはもっともじぶんの能力を発揮しているような気分になるほどだ。何か抜け道があって、何か方法がある筈だと、目的よりも手段についてあれかこれかと考えをめぐらすことはとても楽しい。だからしまいには術系ギルドの術師の手を借りるような方向へと走る者まであらわれる始末なのだが、この件については個人的にあまり賛同はできかねる。邪道に過ぎると思われるので。

夜の室内のガラス窓や街のウィンドウなどに折々に見かける同行者の顔のことならば――われわれはそのように呼んでいる――それはおそらく日常の澱としてどこか暗いところに蓄積されているのかもしれない。あり得ることなので、たぶんそうなのかもしれない。耳障りな雑音のようにそれはわれわれの精神を蝕んでいるのだろうか。そういうことになるのだろうか？　われわれがじぶんでよく説明できることではないが、そしてこれらもろもろのすべてのことはにんげんの視覚や記憶がじぶんの都合によって修正削除されてしまう理屈で簡単に説明できるようにも思えるのだが、しかしそもそもわれわれはひとの顔の区別がつきにくいので、じぶんの顔がどのようなものであってもあまり事情は変わらないような気もするのだが。

〈鴉〉と呼ばれる組合員の制服をごわごわさせながら、Bはきわめて居心地わるそうにぼそぼそと喋った。

　ただ、鏡ね、そこに鏡があれば必ずわかります。鏡とわれわれとのあいだには何らかの因縁があって、相手はすでにガラスと銀膜とでできた物質ではないんです。うっかり無視していると噛みついてきそうだ。

　赤本のテンションの高い書き手は、そのような〈影盗み〉たちを人でなし、と呼んで糾弾している。

人でなし。

ちなみに私はこの言い回しが好みである。

〈影盗み〉がどのようにして世に生まれ出るか、赤本はその一部を小説仕立てにして説明している。眠りながら赤い右手を空中で動かしつづける子供を母親が恐れ疎むようになる有りさまであるとか、崖土のいちめんに近隣の住人すべてのシャドウを素手で彫り込んだ子供の仕業が発覚する場面であるとか、そういったたぐいの代物で、一応の説得力を備えていることについては否定できない。シャドウ、赤本では〈たましいの顔〉という古めかしい表現を採用しているが、ところでそれは何故〈顔〉なのか。あるにんげんの個人的な真実を表現するかたちとして、特に〈顔〉が選ばれる理由は何だろうか。手や足に比べてなにしろ適切、表情があるぶん個性があらわれやすい、眼は精神の表出する場所などといった凡庸な説明はいくらでもできるが、たとえば私は馬糞のような藁土でつくられた眼も鼻も口もないシャドウを見たことがある。BだったかCだったかがその場の土を大雑把に摑み取って右手でわしわしと捏ねあげたもので、一見して顔には見えないその藁屑だらけの固まりをひと目見るなり、ずっと声高に苦情を言いたてていた葬儀の喪主は口を閉ざした。仕事として彫像を製作するときにはもちろん左ききの持ち手でへらやこてを握っているので、やはり両手ききなのだなあと改めて感心したのはその折のことなのだが、それはともかくとして。顔には見えないシャドウについてあとで製作者本人に確認したところ、あれは故人の顔ですあのひとの父親の、とにべもない返答だったので、どうもそういうことらしい。つまり顔と呼ぶのは単なる便宜上なのだろうということである。

赤い右手でたましいの顔を盗む〈影盗み〉について、これは生まれながらに真実に到達していた稀な芸術家の比喩ということになろうか、と赤本の書き手は何となく不承不承といった口調で述べている。不承不承であろうとクレームはしかるべきところから来たわけだが。職人彫像師として葬儀の予定されている家から家へと派遣されて、予定死者の寸分違わぬ仰臥像を製作するという日常をこなしつつ、かれらは折おりに否応なく騒ぎに巻き込まれる。もっとも最近で人の口に上ったのは、隣市の世襲制市長が廃人として追い込まれた例の騒動だが、何のかの言いながら結局はかれらが難を逃れてきたのはやはりかれらの普通さに因るところが大きいのだろうと私は思う。そう、かれらはとても普通だから。例えるものに困るほど普通。もしもかれらの在りかたに普通でないものがほんの少しでも見られるとすれば、それは他人のたましいの顔を盗む能力とじぶんの顔を見られないこととの間隙にあるのでは、とも私は思う。この隙間は滑らかには埋まらない。かれら自身もみずからのたましいの顔を見ることを恐れる筈だから、などと赤本は言うが、これは苦しいこじつけに過ぎないように思われる。ちなみにじぶんのシャドウの顔をつけた彫像を製作したのち行方を晦ました〈影盗み〉は実在するが、その顔とは恐らくはかれ本人の実際の顔だったのだろうと、これは関係者一同が共通して密かに思っていることである。このあたりのことはすべて別の機会に語ったことがあるので詳細は省く。

ところで以下は余談、というか、実を言えば今日もっとも話したかったのはここから先なのである。何しろ発見したてのほやほやの新事実なので、私は喋りたい、喋りたくてたまらないのだ。

長期にわたる出張から戻ったつい先日のこと、仕事の引継ぎを終えてひと息ついていた私は、かたわらのデスクに無造作に投げ出された一冊の赤本に気づいた。書類仕事ばかりが山積している本部事務所に赤本が転がっていることなど珍しくもない光景だが、そのとき私の眼を惹いた理由は、表紙の赤い色目が退色のない鮮やかな赤であることだった。褪せた色目になっているのが普通であるのに、まるで新品のような。そう思って見直すと、冊子の角や小口も初々しくぴんと切り立って、おおさては新刷り！　と考えた私の予想どおり、震える手でページを繰って確かめたその奥付には今年の日付が印刷されていたのだった。しかもつい先週の。

赤本の増刷。

そのようなことがこの世にあるのか！

誰がこれを手に入れてきたのか、私は片手に冊子を摑み、片手で激しく指差しながら周囲の注意を惹こうとしたのだが、興奮のあまりうまく言葉にならなかったらしい。私が興奮しているときには眼を合わせないようにと言い含められている若手職員が怯えた顔をするので、仕方なく椅子に座り直し、まずはじっくりと中身を検分することにしたのだった。

問題の奥付だが、初刷時には年号しかなかったのに、今回の増刷では月日まで入れているのは何か期するところでもあるのだろうか。発行人は元のまま「〈影盗み〉について考える会」になっていて、この団体は解散した筈なのでこれはどういうことかわからない。印刷所はあそこ、あとで連絡してみること。などとあれこれ考えながら本文にざっと眼を通し始めたのだったが、ある箇所まで来て私の視線は止まった。一行、新しく付け足されていたのだ。

おおおおおと私は思わず声に出して呻いた。周囲が再び引いていたようだったが、私はそのまま検分作業をつづけた。変更箇所はまさにその一行だけ、他に変化はない。〈影盗み〉を見分ける目印と称して、ナンバーを振りながら箇条書きでかれらの特徴を並べている箇所の、その冒頭である。

1.〈影盗み〉は必ず男である。理由はなく例外もない。

この行は今まではなかった！

ほほおお、理由はなく例外もない、とね。一部を口に出して言いながら私は夢中になって考えた。おうおう言ってくれるね。私の直感であるが、これを書き加えたのはあのテンションの高い書き手本人である、間違いなく。一見冷静そうに見せかけて簡潔に書いているが、対句の修辞を用いるあたりの気取った好みはいかにも本人臭いのである。

右手の赤痣やら鏡を見ると失神することやらを箇条書きにして、数ページにもわたって並べているその冒頭を選んでわざわざ書き加えるとは。しかもよりによって言い出すことが、「必ず男である」。

ああこらこら、と私は思った。

きみは誰だ？　私か？

理由はないなどと謳っているが、むろんこれは撒き餌のようなものであって、ほんとうに理由がないのならばわざわざ理由はないとは書かないのである。

このあたりの事情については私も少し考えたことがあるのだが、設定の固まりである〈影盗み〉のその設定は、男でなければ成立しない。男であることが必要条件、というより、女であるという余分な条件を含まない、と言ったほうが正確だろうか。

だって何しろ、

鏡のまえで気絶して倒れているのが仮に女だとしたら、

それはまったく別の話になってしまうではないか。

〈影盗み〉であるが鏡を見ることができる、という葛藤のないマシンのようなものを想定するならば可能であるかもしれないが、興味は持てない代物である。インクの匂いがまだ残っているような赤本の粗悪な紙面を撫でさすりながら、つらつらと私が考えたのはそのようなことであったが、それにしても女であるとはまったく余計な条件であることだなあ、という結論になってしまうのは実のところ私にとっても驚きなのである。

火の発見

◈ これは上下の果てを持たない円筒構造の内部宇宙の話
◈ 垂直の空洞を囲む回廊建築群は果てなく重層し、その空洞を超小型天体となった太陽と月が規則正しく通過する／人びとは桟敷席の欄干に凭れ、世界の有り様を日々眺め暮らす
◈ この宇宙の名を《腸詰宇宙》と呼ぶ
◈ 旧作「遠近法」「遠近法・補遺」に属するもの

ある特別な日が記憶に残る日として語り継がれることがある。月面に墜ちた男を人々が目撃した日、有翼人と神の手が遠近法の奥から出現した日、あるいは異常燃焼を起こした太陽が降下してきて人びとが火を発見した日。その日、《腸詰宇宙》の全域にわたって太陽の異常は目撃され、焦げた木切れや布地は神聖遺物として後

世に伝えられることになった。

最初は音だった、とすべての証言は一致して言う。蒼褪めた月球が降下していったあとの薄闇の領域で、ふと気づくと虚空の高みに発生していた不審な音。それは彼らが生まれて初めて耳にする種類の音であり、従ってそれを形容する言葉を持たなかったとしても不思議はないのだが、それでも彼らは辛うじてこのように表現することが出来た。それは《雑音》だった、と。

聞こえてくる遠い雑音は、不穏な気配を伴っていた。次第に音量が増すにつれて伝わってくる上層部からの人々のどよめき、中に紛れもなく聞き取れる悲鳴、合わせ鏡の奥から滲み出してくる異常な色合いの太陽光。いつもとは違い、不安定に揺らぎながら増減する光量がそこには認められ、そしてもはや異変は誰の眼にも明白だった。

異常燃焼を起こした太陽は、磁気嵐のような激しい雑音に包まれながら回廊群の大光景のなかに姿を現わした。火の粉や火球を飛ばし、白熱しつつ影は濃く、一瞬ごとに燃え崩れて滝のように炎を滴らせながら。無限に連鎖する回廊群が劇場の桟敷席になぞらえられるのと同様に、この宇宙には時どき発生源不明の比喩が紛れ込むことがあるが、この時にも同じことが起きた。あれは移動していく一個の火山だった、と人びとの口調が一致したのだ。

後になってその日の記憶を反芻した時、人びとは次のようなことを思い出した。大気を掻き乱す雑音が、太陽の接近につれて次第に轟々と煮えたぎるような燃焼音に呑み込まれていったこと。桟敷で風に髪を嬲られながら見上げていた人間たちが、やがて火の粉を浴びて奥へ逃げたこと。熱風は回廊の奥にも押し寄せて渦巻き、あたりにたちまち焦げ臭いにおいと煙が充満したこと。——火の粉は人びとの頭髪を縮れさせ、皮膚を灼き衣類に焦げ穴を作った。幾つかの階では火球の直撃を受け、床に転げ込んだ火を怖れて人々は逃げ惑った。可燃物に引火して燃え上がる炎もあり、その度に阿鼻叫喚が湧いた。

太陽が水平位置を通過していったあとの地帯では、辛うじて人びとの好奇心が蘇り、幾つかの階では燃え続ける火を保存しようと試みる人間たちも現われた。人びとは争って木切れや布を持ち寄っては火にくべ、その度に瘦せた火がまた勢いを取り戻すのを夢中になって見つめるのだった。しかし衣類や縄梯子や夜具の類は貴重品であり、それ以外の可燃物は宇宙にはほとんど存在しない。従って、人びとの努力も多くは長く続かなかった。《中央回廊》にほど近い、ある階を除いては。《中央回廊》の長老および住人たちはその事実を認めたがらず、敢て無視するという挙に出たのだったが、その階では貴重な布や縄を犠牲にして火を保存する道を選んだのだった。犠牲に見合う結果は得られないと判断することも賢明さだ、と後になって《中央回廊》の長老が負け惜しみを言ったと噂がたったが、その夜、上下合わせて数百層、総勢数千から数万に及ぶ住人たちがこのプロメテウスの火の目撃者になった。熱気と雑音が合わせ鏡の底に去った後、無限連鎖の回廊世界には再び限りなく闇に近い薄闇の時間が訪れ、そしてただひとつの階にだけ欄干越しに漏れる小さな焚き火の明るさが存在していた。夜に瞬く智慧の火は、人びとの眼に親しげな暖かい色に見え、人像柱の列が奈落に向けて静かに影を放射していた。むろん宇宙でこのような光景が見られたのは初めてのことだったが、桟敷席のかれらが感じたのは何故か強力な既視感であり、魅入られたように眼を離すことができなかったのだ。後になっての調査によれば、火の存在はおよそ三百階離れた空域からも遠く認めることができたという。

階の近辺の回廊からも協力はあったが、それでも限界があった。やがて蒼褪めた月が降りてきた深夜、急に一箇所から悲鳴混じりの残念そうな嘆声が上がり、細っていた炎の反映がふいと消失する瞬間を人びとは眼の当たりにした。世界で最後に残っていた火が、その時ついに絶えたのだ。

証拠の神聖遺物とともに《火の発見》の日の伝説はこのように残ったが、さて太陽の一日限りの異変について理由が求められた事実はない。

◈かれの残した断片はさらに存在する。たとえば《腸詰宇宙》の人口分布が均一ではないことについての記述。《蝕》の現象を《中央回廊》で見物しようとして移動する人口は少なからず存在し、そのため《中央回廊》では一度の受け入れに人数制限を設けている。見物熱がピークに達した頃の宇宙では、中央付近で順番待ちをする多数の滞在者があり、その一帯は《騒音地帯》という別名で呼ばれた。あるいは雲に棲む《天の種族》の中に、ある頃から新顔が混じっていると噂がたったことについて。人びとの好奇の視線を集めて困惑顔をしたその男は、どうやらある階から出立していったまま行方知れずになった男であるらしいと認定されたこと。人びとの《縁切り》の習慣について。ある地域で起きた回廊建築の《大崩れ》の話。雨雲が常駐する水漏れ地域の噂、彗星群が通過していった夜の話等々、断片はきりのない数だけ存在し、その果てはない。

アンヌンツィアツィオーネ

人は暗いところでは天使に会わない。塔で、壁に囲まれた庭園で、丘の糸杉の下で、微光に満ちた曇天がずり落ちる沼地で、少女は幼いころから折々に同じ天使を見た。

それが天使であることは、誰に教わらなくとも彼女には正しく理解できた――何故と言って、揺り籠のなかにいた頃からまばゆい翼の羽ばたきに頬を擽《くすぐ》られて微笑んでいた赤子の彼女であったから。乳を与えてくれる暖かい存在が母であり、窓の外の太陽が太陽であるように、日常の光景にしばしば紛れ込む翼のあるひとが誰であるかは自明のことだった。髪の長い少女に成長するにつれて、それの姿の現わしかたに幾つかの決まりがあることも次第に理解された。それは視界の中央には姿を見せない。彼女に向き合った正面の姿を見せず、また全身を隈なく晒すこともない。胸騒ぎとともに気配に気づいても、そちらへ眼を向ければ一瞬の残像となって消えてしまう。気づいていないような素振りで視界の端にその姿を捉えるより方法はないのだった。しかし一度だけ例外があり、たまたま七歳の誕生日のことだったが、館の屋上にいた彼女は——相手に気づかれずに——いかにも用ありげに飛行していく最中の天使の遠い姿を目撃したことがあった。

その日、日曝しの塔の縁石にしがみ付いて眺めると、地平へと傾いていく王国の都市の全景は風に鳴り響いているように見えた。耳を塞ぐ強風——急速にかたちを崩しながら動いていく雲の群れが巨大な遠近で頭上を埋めつくし、うっかりと手を離せば風もろとも高いところへ吹き飛ばされていきそうだった。幼い子供には危険な場所として立ち入ることを禁じられた場所に、その日彼女がいたのはむろん目的あってのことで——、大人の誰かに見咎められないうちにと、慌しく彼女の視線はさまよい、そして予感どおり空の一点を押し流されていく意中のひとの姿を見出した時の胸に満ちた思いは、これは安堵としか言いようのないものだった。

——あれは守護の天使なのだろうか、このわたしの。

夜になると、暗いところで彼女はよくそのように考えた。自問は夜ごと繰り返されるうちに、いつか確信と化していた。

――よもや竜《ドラゴン》と戦う天使ではあるまい。剣をお持ちではなし。

強風に逆らいながら飛んでいく無防備なすがたを目撃した日の夜もそうだったが――天使を見た日の夜、編んだ髪をほどくとそこからは必ず数片の白い羽毛がこぼれ出した。深夜、ひとり寝の寝台のかたわらに蠟燭の明かりは乏しく、小さな火は時おり生きもののように奇妙に伸び上がっては微量の黒い煤を吐いた。櫛を握って梳かすとき、髪に混じった羽毛はさやさやと指に触れることもあったが、床に舞い散ったそれは彼女が拾い上げようとする暇を与えず、闇に沈んで跡かたもなく消え失せるのだった。

これほどの秘密を抱えて周囲に気づかれてはと、彼女は寡黙に育った。口をひらけば、秘めごとが羽毛となってこぼれ出るように思えたから。人目を惹くことを恐れるあまり、美しさにも覆いがかかった。視線を動かさずにものを見る習慣のせいで、いつも寄り眼ぎみになっていたのだ。すでに天使は彼女であり彼女は天使であるように思われ、それ以外のすべてのことは些事となった。花盛りの林檎の木陰で井戸を覗き込むと、木漏れ日の揺れる水面には彼女の顔と並んで天使の顔がうつった。川辺の洗濯場に干されたシーツの列は順番に翼のあるひとのかたちを巻き込んで膨らみ、彼女の呼吸する空気には繊維よりほそい発光体である天使の髪の毛が含まれていた。また彼女にとって退屈なものでしかない閲兵式の日、賑わう祭りの人波に紛れて――そこだけ違う空間を切りはめたように――天使の金いろのあたまや翼の先がずっと見え隠れしていたこともあった。花づなで飾られた櫓の上からあらゆる方角へ眼を向けるたび、その先々に必ず光輪やはばたく翼や輝く巻き毛の一部が見えるので、しまいには同じひとりの天使が分裂して群集や兵士の数より多く増殖しているように思われたほどだった。

――あのかたとわたしとのあいだには約束がある。

――どのような結末を迎えることになるのか皆目見当がつかないにしても、人としてのわたしの人生はすでに神ではなく天使の領域に侵犯されている。

いつかそのように彼女が思い定めるようになったのは無理からぬことであり、はっきりと見えないのが残念ではあったが、天使の顔は少年めく少女の顔であると同時に少女めく少年の顔であるように思われた。夢で天使の声を聞いたのもその頃のことだ。

――恵ミニ満チタル汝ニ幸イアレ。

乙女の声、あるいは変声期直前の少年のようでもある声は、そのように告げていた。鈴を振るように繰り返し朗誦するその声は反響し、数を増していき、しまいに世界は輝く翼とおなじ物質でできた祝福のことばとそれに聞き入る彼女の存在とで満ち溢れた。うつつの世界の寝床で眠りながら輾転反側する彼女は、そして歓喜のきわみにあって涙をこぼしたのだった。
ただし十五歳の年越しの夜に見た夢は、いつもとはまるで様子の違うものだった。

……

――――

十日と十夜の大火事の果てに、滅びた世界の中心に彼女はいた。そこは円天井の王妃の塔であるらしく、象牙の冠を戴いた彼女は百歳。腰は曲がり手は震えるが、介添えしてくれる者ももはやいない。灰燼に帰した王都の廃墟が四方の窓から地平までつづいていくのが眺められ、月でもなく太陽でもないもの侘しい薄明かりがあたりに瀰漫しているようだった。
そして西でもなく東でもない方角にひかりが増し、凛々しい処女戦士のような顔をした甲冑すがたの天使がその場に入場してくるのを彼女は見た――青と金茶の混じった重たげな翼を背に畳み、性別不明のかれもしくは彼女は死の告知の徴《しるし》である棕櫚のひと枝を手にしていた。

　おやおや、と百歳のじぶんの声がひとりごとを言うのを彼女は聞いた。これはあのときの天使とは別のおかただよ。だって腰に剣を佩いておいでだし。

　すると、見覚えのない顔の天使は何を思うのか迷惑げに眉根を寄せ、棕櫚の枝を剣のように打ち振ったので、ちくちくと顔を刺す葉先に息を塞がれた彼女はひとり悶え苦しむのだった。——


　一抹の不安を抱きながらも許婚《いいなずけ》の定まった十六の春、爛漫の花の庭で、ついに彼女は正式な天使の訪れを迎えた。そのとき陽光に満ちた世界には一片の曇りもなく、東屋に薔薇は咲き誇り、彼女は恭しく読みさしの本を膝に伏せた。

　マリアよ、と径《こみち》を抜けて近づいてきた旧知の天使は初めて彼女の名を呼んだ。これほど長きにわたって地上での彼女の人生を見守っていたのは今日のためであると、晴れやかに確信させるに足る口調だった。ただ、恐る恐る眼をあげて初めて正面から見たその顔が、金いろのまばゆい光に満ちながらも妙に意味ありげな眼つきで、気のせいかくちびるの端に馴れ馴れしささえ感じられたのは……

——恵みに満ちたる汝に幸いあれ。汝、精霊によりて身籠りたり。

その場にひざまずき、象徴の百合を片手で捧げ、受胎告知《アンヌンツィアツィオーネ》の天使は涼やかな声音で彼女に告げた。

——生まれる御子は半陰陽《ふたなり》。御子は世界を滅ぼすでしょう。……

夜の宮殿の観光、女王との謁見つき

女王は食事中ですと侍従は言った。それでは待たせて頂きますと母は言い、私の手を引いて広間へ入った。夜の宮殿は隅々まで照明に満ち溢れ、市松模様や稲妻模様の大理石を張り詰めたぎらつく床のどこにも影ひとつないほど明るかった。夜道の長い距離を母の冷たい手に引かれて歩いてきたために、私は疲れて眠く、踵には靴擦れの水脹れができていた。広間の長い食卓の向こう端にいるのが女王であるらしく、彼女はまさに食事中だった。食事係の侍従たちが引っ切り無しに出入りしては新しい料理の大皿を交換し、背の高い玉座についた女王はそれらの上端をフォークで刺すか掬うかしてひと口ずつ味わう様子だった。綾織の豪華なテーブル掛けに肉汁が散り、煮凝りの欠片やソースに塗れた野菜が皿から転げ出したが、女王は気にする様子もなく食べ続けていた。複雑に混じりあった食べ物の匂いが鼻に届き、私は空腹に耐えかねていた。ナプキンで包んだ固い皮のパンを弁当として母から持たされていたが、この場で食べてもいいものか判断がつきかねた。私の背中に隠れてこっそりお食べ、母が囁いた。女王に気づかれないようにね。

それではお前も願い事があるのね、やがて女王が言った。すでに満腹の様子だったが、それでも彼女は食べ続けていた。尻尾を天井に向けた魚をケーキ型に固め、あるいは花野菜をゼリーで寄せて花園に見立てた大皿料理、口中で混じりあう赤と白のワイン。心願があって参りました、そのように母が答えるのを私の耳は聞いたが、隠れてパンを飲みくだすことに気を取られていたので何を言っているのか考える余裕はなかった。いのちにかえても叶えて頂きたく参上いたしましたの、母の声は続けて言った。噛み千切る音をたてないように私は固いパンの身と皮を唾液で潤《ほと》びさせては一心に吸わぶっていた。誰にも気づかれないようナプキンで隠していたが、ふと気づくとその私をじっと見ている人影があった。長い食卓の半ばあたりに座っているひどく痩せて真っ青な顔のむすめで、彼女のまえには料理の皿はなく、眠るように無表情だったが、よく見るとその眼は伏せた瞼の陰から異様な熱意を込めて私の手元を凝視しているのだった。

誰もが同じことばかり言うのね。もう聞き飽きたわ。夜の宮殿の女王は溶かしバターで照りをつけたアスパラガスを嚙み砕きながら言った。女王の声は広間の円天井に響いて反響し、飾りの赤ピーマンの破片が口元から零れて顎に垂れた。少しは違うことを言ってみたらどうなの。だいたいこのわたくしがお前たちの願い事を叶えてやる理由がどこにあるのかしら。いいえあなたならばきっと叶えて下さいます、母は食い下がった。私はもう疲れ果てました。心願の大きさに押し潰されて、あとはただ眠るばかりです。お前の息子がそこにいるじゃないの。わたくしの息子は意のままにならないので幽閉してやったわ。それでもと言うのなら仕方がない、ならばわたくしの影にお入り。

すると俯いた私の視界に血の気のない瘦せた右の手があらわれて、私の唾液で湿ったパンをナプキンごと摑み、静かに奪い去った。

わたくしはね、大理石の糞をするのよ。玉座の下に白鼠が一匹いて、巣をつくっていることが悩みなの。女王が秘密を打ち明ける口調で言ったが、誰に向かって言ったのかよくわからなかった。女王のむすめは長い食卓の半ばで何事もなかったかのように青い顔のまま座っていて、私の母はどこにもいなかった。

こうしたことのすべてを、潤びたパンの味や酢と油と肉汁の匂いを、私は二度目に夜の宮殿に行ったときに残らず思い出した。

夜の宮殿へ遊びに行きたいわ、年下の恋びとが言い出したとき、私はながいあいだ忘れていた母のことを思い出した。私の子供時代の記憶は何年分かが欠落していて、母がいついなくなったのか覚えていないのだった。「宮殿を眺めながら外の芝地で皆で夜明かしするのよ」恋びとは私の様子に気づかないまま熱心に言い募った。「あたしのお友達は皆行ったことがあるの。芝に敷くための毛布と、もちろんお弁当のバスケットを持ってね。とても大勢のひとがそこにいるというわ。運がよければパレードや花火を見ることもできるそうよ」

そこは遊園地のようなところなのだろうか、私は尋ねたが、彼女はきっぱりと否定した。「だって夜の宮殿なのよ。女王様に謁見することだってできるわ。でもそれより、大勢のひとたちに混じって夜明かしすることが何より楽しみよ。もちろん噴水の風下は避けるべきでしょうけどね」

そのようにして私たちは夜の宮殿へと出かけたのだったが、いつもは行かない旧市街の終点で路面電車を降りてバスに乗り換えるうちに記憶はさらに確かなものになった。暮れなずむ植物園の黒い森の彼方にあかあかと燃え落ちる夕陽、と思ったのも束の間、それは急速に藍色を深めていく空に向けて強烈な反射光を照り返す夜の宮殿の尖塔部分であることがわかった。この光景は見た覚えがある、確かにあると記憶を反芻するうちに、バスは森を迂回する方向へと大きく進路を変えた。子供のころ女王に謁見したことがあるよ、私は窓際の席で蓋つきバスケットを抱えた恋びとの耳元に口を寄せて言ってみたが、彼女はうわの空で生返事をするばかりだった。

「謁見は誰でもできる筈ですがね、どんな者でも」

ぞろぞろとバスを降りて歩き出していく観光者たちのなかから話しかけてきたのはひとりの男で、どうやら私の言ったことを耳にした様子だった。並木に沿った舗装道路には他にも往復便のバスが忙しく出入りしつつあった。客のほとんどはわれわれと同じく恋びと同士らしいバスケットや寝袋を抱えた若い男女ばかりのなかで、それは例外的に連れのいないみすぼらしい小男だった。「――しかし謁見者のことはこのところほとんど聞いたことがない。絶えて聞かない、と断言してもいいほどだ。庭で夜明かししたり、パレードを眺めたりすることばかりに気を取られる者が多いのは実に嘆かわしい限りですな」

「あら、私だって女王様にお眼にかかってみたいわ」恋びとが私の腕に手を絡ませながら言った。「ご挨拶もせずに庭でお弁当を使うのも失礼なことですもの。でもそのまえに、場所を取っておいたほうがいいんじゃないかしら」

「噴水の風下はやめておいたほうがいい」小男が案外親身な口調で言った。日が落ちるとともに冷たい水の流れのような風が出て、あたりは思ったより冷えびえとした宵になりつつあった。建物部分は闇に紛れてまだ見えてこなかったが、楽隊が来ているらしい庭園から森陰の方角にかけて人出はすでにかなりのものになっており、私たちはしばらくのあいだひとの流れに揉まれながら進むしかなかった。そのうちはっきりそれとわかるどよめきが起き、夜の宮殿がいっせいに点灯したことがわかった。

　母と一緒にここへ来たとき、泣いている男女に出会ったことがある、と急に私は思い出した。肩をぶつけながら追い越していく流れのなかで恋びとと私は知らず知らず急ぎ足になった。しかし私の脳裏は楽隊のパレードや紙吹雪や綱渡り芸人を見上げる人混みの記憶などで隅々までいっぱいになっており、そのためいよいよ見えてきた夜の宮殿の全容に対しても妙に現実感が持てなかった。そこはほんとうに夢のように素晴らしい場所なのよ、繰り返しそのように言っていたのは母だったのか泣いている女のほうだったのか、どうしても思い出せなかった。

いつの間にか姿が見えなくなっていた小男が戻ってきたのは、私たちがようやく場所取りを終えたころのことだった。「せっかく来たのだから、これだけは見ておきなさいよ」皺になった刷り物の束からかれは一枚を選り出して私に渡して寄越した。

「サンドウィッチを一緒にいかが。つくりたてだから皮がまだぱりぱりなのよ」彼女が言った。「あら何ですって――〈氷の火花の噴射器〉〈アメジストの宝冠と首飾り〉〈鳥籠に幽閉された鳥たちの巣〉〈五十の暈を持つ満月〉〈七重の滝流れ〉、まだたくさんあるわ」頭上の飾り提灯に向けて翳しながら彼女は読み上げた。

宮殿のシャンデリアにはすべて名がついているんだよ、私は思い出して言った。前後左右にほとんど隙なく広げられた他の毛布を踏まないように気遣いながら、小男は小腰をかがめて私たちと一緒にサンドウィッチを食べた。「ああこれはうまい。バターも胡瓜も新鮮だし、塩加減や煎り卵の蕩けかたもちょうどいい塩梅だ」小男は私の恋びとが与えた熱い紅茶を啜りながら言った。「私の恋びともむかしこのような弁当をつくってくれたものだったが」そのとき花火が始まった。われわれの側から見て宮殿の背後に当たる位置から花火は打ち上げられており、満艦飾の電飾に輝く夜の宮殿の尖塔や複雑な造りの屋根部分はそのたびに濡れたように明るく照らし出された。女王の影に入ってしまうまではね、小男はそのように言ったが、ひとびとのどよめきと楽隊の音楽に掻き消されてはっきりとは聞き取れなかった。

当たり籤の番号を読み上げる声が練り歩きながらやってきたとき、私は猿たちのことを思い出していた。

「籤って何。何なの、あらこの数字だわ」寝ぼけ眼《まなこ》の彼女が急に私の腕をつかんだ。綱渡り芸人の出し物を見上げていたころから眠気に襲われていたらしく、舟を漕いではいはっと気を取り直すことを続けていたが、刷り物の続き番号に気づいてにわかに興奮し始めたのだった。「あら当たってるわ」「手長猿がシャンデリアにぶら下がって揺さぶるんだよ」私は言ったが、慌しく手回り品を掻き集める彼女の耳には届かないようだった。楽隊のパレードが一巡して通り過ぎたあとの辺り一帯には眠っている者も多く、後ろ手に彼女の手を引きながら毛布の隙間を通り抜けるには注意が必要だった。スカートの裾から投げ出された編み上げサンダルの足やら厚底の作業靴やらを跨ぎながら進まねばならなかったのだ。すべての窓と扉が開け放された夜の宮殿は明るい室内が丸見えの状態になっており、近づくにつれて無数に分割された眩い光景が視野いっぱいに広がった――籤が当たったらしい別の観光者たちが屋内の階段を登っていく姿もあったので、われわれもこのまま入っていって差し支えないものと思われた。

「あのひとにお礼を言い損ねたわね。当たり籤を持ってきてくれたんですもの」彼女が言ったが、明らかに欠伸を嚙み殺していた。

正面の大階段から出発して間もなく、私たちは通路の隅に座り込んだ二人連れに行き会った。どうにも眠くて、と言い訳しながら私と同年輩の労働者らしいかれは大理石の床に片手で毛布を広げていたが、眼を閉じて凭れたままの若いむすめのほうは確かに前後不覚に熟睡する模様だった。「あたしも眠たいわ」刷り物の案内図に従って吹き抜けの三階まで達したころ、ずっと押し黙っていた彼女が囁いた。踊り場のテラスの外には闇に包まれた野外の光景があり、夜も更けたこの時刻の庭園にはもはや立ち動く者もなく、恐ろしいほどの人数の不眠と眠気とがその場に同居していた。私の背後には吹き抜けの空間のほとんどを占めるもっとも有名な〈七重の滝流れ〉があり、過剰なまでに光を乱反射させるシャンデリアの輝きは強烈な放射光となって戸外の野営者たちの顔を闇に浮かせていた。多くの眼がこちらを見つめていることに気づいたとき私の足は無意識に後ずさりしていたらしく、気づいてみるとひとりで道に迷いながら宮殿内を歩いていたのだったが、途中で何度も眠り込んでいる二人連れの傍らを通り過ぎたようだった。

「ぜんぶ当たり籤なんだよ」最後の広間の手前で私は小男に出会った。「何度も何度もここに来た。当たり籤ならばいくらでも集めることができたが、でも何度ここに入っても途中で寝てしまう」皺だらけの刷り物の束を丸めるとかれは開け放された広間に駆け込んでいった。

「途中で会ったのよ」欠伸を噛み殺しながら恋びとが言った。「謁見場はここかしら。あのひとはそう言ったわ」

確かに見覚えのある円形の広間には、天井に届こうかという巨大な大理石像が立っているのみだった。八方からの照明を受けて影ひとつなく、わずかに身を捩って斜め上方を見上げたその顔の口元には食べ滓らしいものが大理石の盛り上がりとなって刻まれていた。

彼女はバスケットを持っていなかった。「途中でひとにあげたの」見事な光沢を持つ彫像を見上げながら恋びとは説明した。「ひどくお腹を空かせているようだったから、残りもので申し訳ないけれど渡そうとしたら、バスケットごと持っていかれたのよ。でも気にしないわ」だってあんまり痩せて青い顔をしていたから、彼女は付け加えて言った。小男は泣き出しそうな表情で彫像の台座の廻りを小走りに回り続け、そのうち何かに躓いたようにたたらを踏んだと思うとばったりと前に倒れた。見るとそこには大理石の塊りのようなものが幾つも積み重なっており、それが女王の糞だとすればわれわれはこの帰り道のどこかで白い鼠に出会うだろう、そのように私は思った。

夜の宮殿と輝くまひるの塔

夜の宮殿（と人は呼ぶ）についてわれわれはこのようなことを知っている。

宮殿には主がいる。女王は謁見の間の夜の玉座に座っている。大理石の彫像であることは誰の目にも明白だ。ヴィーナスのような立派な顔立ちで、立ち上がると優に二メートルは越すだろう堂々たる体格をしている。女王は自分が大理石の彫像であることを密かに気にしているように見える。眼球のない眼には視線がなく、その胸の鳩尾から背にむけて一本の青銅の剣が刺さっている。背中に突き抜けた刃先がつかえて邪魔になるので、女王は少し前のめりに座っている。

女王は人々にこのようなことを喋る。

「私の領土は無辺であり、叡智は私を傷つけない。それはむしろ靴拭きにも足りない冗談として私を笑わせる」

「私はかつて何度も死んだが、死を消化することで私の消化器は鍛えられた。私の排泄するものは世界の糞土であり、黄金であると同時に徒労の虚無である」

「私が不浄の双生児を産んだと、不埒な言を弄する者がいる。そのことは私も知っている。しかし問うが、私はむしろ簒奪者、殺戮者として人々に認知されているのではなかったか？　私の食欲は健やかに貪欲である。私は生産し、生産しない」

大理石の彫像の口元が動き、言葉を繰り出す過程を見極めようと、人は眼を凝らしてその顔を見つめる。ヴィーナス像によく似た立派な鼻梁、秀でた額と深い眼窩、技巧を凝らした曲線を持つ唇をじっと見つめるうちに、人々はあることに気づく。見覚えがあるのだ。

喋りながら微妙に変質していく顔、ずり下がっていく不穏な口角、あと一歩で危険な領域に踏み込む信号の小鼻のふくらみ。

人々は気づく、これは不機嫌な母だ。

女王は喋り続ける。声のなかに機械音に似た雑音が混じっている。

「空虚……空虚は私の源であり、それを埋めるために私は食べ続ける。それは……それがががががががが」

馬が嘶き声で叫んでいる。

「おれは女王の庶子の馬」

真蒼な顔をした女王の庶子が、馬に乗ったまま玉座の脇にいる。真黒い巨大な生物は、馬の眼でこちらを見ながら何度も言う。「おれは女王の庶子の馬」

女王の庶子は真蒼な顔で、眼の下の隈はほとんど頬の半ばに達するほど。痩せた顔とは不釣り合いに、首から下を覆う甲冑は重々しく大仰だ。女王の庶子は眼を開けており、眼を閉じている。疲れ果てて、眼を開けていても深く眠っているのだ。見苦しくなる寸前ほどに、ぎざぎざの髪を短く切っているが、娘だということがわかる。

女王が喋り始めると、女王の庶子が顔の向きを変えているのを人々は見る。今度ははっきりと眼を開けている。母親が喋るのを、微かに眉を顰《ひそ》めた顔で凝視しているのだ。

「おれは女王の庶子の馬」

馬は何度も嘶き声で言う。

女王の庶子が何を考えているのか、人々にはわからない。

夜の宮殿で人々が見るものはさまざまだ。よろめく影を産む天井取付型扇風機、鏡や棕櫚の枝、水を流したように続いていくチェス盤の黒白の盤面でできたフロア。むやみに垂れ下がって邪魔をする紋章入りの旗や重い緞帳を見るし、眼がくらむほどどこまでも登っていく滝のような階段も見る。宮殿に窓はないと言われるが、テラスに傾く月を見た記憶がある者もいるし、床に転がる人形や砂漠探険用のヘルメット、一本の匙が世界の不思議を集めた影をつくっているのも見る。

影は夜の宮殿の属性であると言える。影は宮殿のあらゆる場所にひそむ。そこを歩む時、人は眼にうつる鏡や旗や月や幌付きヘルメットや……が、すべて自分の孤独と同じ材質で出来ていることを理解する。

人は宮殿のあちこちで黒馬に乗った女王の庶子がさまよう姿に出会う。真蒼な顔で深く眠ったまま、西の翼で出会うと同時に東の翼でも出会う。長い通廊で女王の庶子の通過に出会う時、人は柱の蔭に隠れてそれをやりすごす。列柱のつくる影の明暗をくぐって馬と女王の庶子は遠ざかっていき、しばらくの空白の後、また折り返して戻ってくるのを人々は見る。

何かを捜して求められず、深く眠ったまま宮殿をさまよう女王の庶子について、人々は同じことを考える。何かを、でなく誰かを、ではないかと。


女王はつねに夜の玉座に座っている。青銅の剣に胸を貫かれたまま、少し前のめりの姿勢で。大理石の彫像である女王が立って歩きまわるとすれば、二メートルを越す身長と体重の女王のたてる地響きや軋みはどれほど、と人々は悪い冗談のように考える。

女王の胸を貫いた青銅の剣と、女王の庶子が腰につけた青銅の鞘を結びつけて考える者は多い。高い喉当てや肩鎧や胸甲、籠手や脛当ての全部を覆うこまかい飾り彫りと同様、青銅の鞘と剣の柄もおなじ飾り彫りを持っているのだ。

しかしわれわれの知る限り、女王と剣は一体の存在であり、別々にそれを見た者は存在しない。鞘は最初から、そして永遠に空っぽだ。


ある者は夜の宮殿の物語について語る。女王の庶子の邪悪な弟についての物語だ。

その物語によれば、夜の宮殿のどこかに存在する（と言われる）塔に、生まれた時から幽閉されていた邪悪な弟に心を痛め、逃がしたのは女王の庶子である。塔の螺旋階段をわれわれは夢想する。螺旋をえがきながら三百四百と続いていく石段を、その冷たい石壁を。突き当たりの狭い天井を塞ぐ床板と、そこに閉ざされたままの揚げ蓋を。

揚げ蓋は重い錠で閉ざされ、その一角にひとの片手が通るだけの穴が穿たれている（とわれわれは考える）。女王の庶子は、そこから差し出される邪悪な弟の手とたわむれる（とさらにわれわれは考える）。真黒い金属でできた錠を壊すには、青銅の剣がふさわしいと女王の庶子は思う。誘惑する唇が、女王の庶子の固い貝殻のような耳にさやさやと触れる。われわれは物語を夢想する。

（夜の底に仄光る波紋のゆくえを追っていき、音叉の響きに耳を澄ます場所。）

夜の宮殿はそこにある。

外からは見えない。中はまっくらだ。

ある者は声を聞く。声は闇の中で語っている。

《母が何故弟を邪悪な存在だと決めたのか、私にはわかりません、弟の顔も見たことはありませんでしたから。母の宮殿で私は疲れていました、用事が多いうえにいつも身につけている甲冑がひどく重いからです。無意味に嵩張る甲冑は動きをぎごちなくさせ、私の存在を重くするのですが、脱ぐことは考えられませんでした。母の命令でしたから。

私が知っているのは弟の右手だけでした。ぽっちゃりした子供の手が、しだいに指が長くなり、節が高くなって少年の手になっていくのを、私はずっと見ていました。弟の手は、見えない輪郭を確かめるように私の顔をなぞるのでした。弟が私を誘惑したわけではなく、まして母殺しを唆したわけでもありません、ただ錠とその鍵としての剣という想念が、頒ちがたいものとして私の中に生まれただけです。弟はこのようなことを私に言いました、剣の均衡《バランス》が母を生かしているのだと。その剣を引き抜いた時のことはあまりよく覚えていません。ただ私の母のことを大理石の彫像だと思っている人がいますが、それは嘘です。あの時、母の口から洩れた大音響の唸り声は、まさしく人間のそれに他なりませんでした。弟は少女の顔をして屋根裏から降りてきました。生まれてから一度も鋏を入れない髪は踝まで伸び、裾の長い白い衣を着ていましたので、ただその手だけが私の知っている手でした。その後に起きた幾つかの出来事について、人はいろいろに言いますが、実際はこうでした。まず、馬はもらっていくよ、と弟の声を聞いたこと。それから思いがけない強い力で体が押し上げられて、気づくと私は揚げ蓋の上にいたこと。苦労して叩き壊したはずの錠が、事も無く嚙み合い、蓋が固定されるのがわかったこと。私は夢中であの覗き穴から手を伸ばし、弟の髪を摑んでいました。すると生まれて初めて経験する痛みの爆発、肉と骨と神経が喰い千切られる激痛が指を嚙み砕き、それは真白に燃え上がる星の炸裂のように私の眼を眩ませ、私は気絶したようでした。》

《それから何が起きたでしょうか。私が本当に話したいのは、ここから先のことなのです。

最初のうち、私の意識はただ燃え上がる苦痛の中だけにありました。喰い千切られた小指の根元に白い骨が覗くのを見、そこから心臓の鼓動にあわせて真赤な血が噴き出すのを見ては、また意識が遠のくのでした。脇腹に押さえつけ、無意識に左手できつく握って出血を止めようとしていたようですが、そうしながら私の眼は、切れぎれの映像としてあたりの光景を映していました。明るい昼間を示す窓や室内の光景でした。私はそこに転がっていました。何度か失神と覚醒を繰り返すうちに、私の意識の一部はまだぼんやりしていましたが、一部は水が澄むように静まって、焦点を結び始めていました。あたたかい陽射しが波のように流れ込んで、私の半身を包んでいました。私は自分があまり広くない、言ってみれば農家の納屋か見張り小屋のような場所にいるのを見出していました。

農家の納屋、などというものを何故知っていたのかわかりませんが、とにかく私にはそう見えたのです。出血はまだ完全には治まらず、右手全体が痺れたようになってずきずき脈打っていましたが、その手を庇いながら私はのろのろと起き上がり、窓のところへ行きました。――ところで私の甲冑ですが、剣を抜いてから弟のところへ走るまでのあいだ、発条が次々に弾けて、順に脱げ落ちておりました。だから指を喰い千切られた時、籠手のないむき出しの手だったわけです、でもそうしたことを思い出したのは後になってからでしたが、――とにかく、私は窓に行きました。窓といっても、そこには雨風を遮るものは何も嵌まっておらず、ただぼろぼろの古びた土壁と煉瓦を四角く刳り抜いただけのようなものでしたが。その外には、遠い地平線まで眼を遮るものもない、白っぽい正午の野面《のづら》が風に靡いておりました。私の驚きは口では言えないものでしたが、ともあれ私は残る三方の窓も見てまわりました。この用途のよく判らない建物の部屋は、四方に窓が切ってあったのです。どの方角を見ても同じ、波のような起伏を持つ土地の広がり、わずかばかりの灌木、風が野面をざわめかせる音、豊かな陽射し、それだけです。一方の窓からだけ、はるか遠くの山脈らしい影が薄紫に烟っているのが見られましたが、他に目印になるものもありません。

部屋はかなり高い位置にあるらしく、見下ろしてみると、飛び降りるには高すぎるのは明らかでした。このような場所から見下ろしたことがないので、よくはわかりませんが、私は弟のところへ行くのにいつも五百近くの階段を数えて登っていました。この塔の高さは、なるほどちょうどそのくらいの高みにあるように思われました。

弟、と私は思いました。胸に痛みがありました。倒れていた間に、私はちょうど揚げ蓋のところにいましたので、見慣れた板目の肌理に頰を押し付けておりました。それは確かに、覚えのある揚げ蓋の裏側に違いありませんでしたが、でもどうした訳か、あの覗き穴はなくなっていました。まるで最初から存在しなかったかのように、継ぎ目のない板を鉄の帯が締めているばかりです。私はさらにあたりを調べました。調べるといっても、ひと眼で見渡せるほどの狭い場所でしたが、弟がここで暮らしていた痕跡は何ひとつありませんでした。低い梁にも床にも埃がぶ厚く積もり、崩れた土壁に蜘蛛の巣が光っている、それは陽晒しの塔の頂上の部屋でした。

気づかない間に陽が翳っていました。遠い空は明るいのに、頭上の空では見る見る鉛いろの雲が形を変えながら天の光を遮っていきます。にわかに大気が緊張し、湿った風を孕んで野面をひるがえしました。何が起きるのかと思いました。窓に来た風が私の顔と全身を包み、手の甲に生あたたかい大粒の水滴がぴしゃりと落ちて潰れました。大気にするどい擦過音が充ち、視界が垂直の水で埋め尽くされ、と思う間もなく塔ははげしく泡だつ明るい水繁吹に包まれていました。私の口はおどろきの声をあげていました。雨でした。顔を濡らし、湿った土と草の噎せるような匂いを呼吸しながら、私は初めて雨を見たのです。》

《その塔で二十以上の昼と夜を数えたのを覚えています。部屋にごたごたと積まれた何かの残骸を掻き回すと、皮袋に入った水と少しばかりの古びたパンがありました。いつも弟に運んでいた袋に似ているようにも思いましたが、わかりません。傷を負った手は気味の悪い色に変わり、熱もあったようでしたが、それよりも私は自分の発見した世界にうつつを抜かしておりました。嵐が来ては去り、真珠母いろに薄光る雲がおびただしく空を流れました。野面は絶えず表情を変え、日照りが何日か続くと、白昼の大地は燃えたつ陽炎に包まれました。塔は私を乗せてその中を漂泊していく船であるように思われました。夜もここでは生き生きと豊かでした。私の知っている夜は、冷たい死んだ夜だけでしたが。熱気が去ってからも、闇は昼間の残滓で充ちていました。星が飛び、そして遠雷が地平を訪れると、電撃がはるばると夜の距離を越えて塔の私を響かせます。まるで世界の存在の谺が私に呼びかけるようでした。眠りの底にはいつも夢がありました。海を私は知りませんが、海という名の王国を白い馬に乗って駆けていく弟を私は夢見ました。邪悪な弟の少女のような顔は潮風に焼け、皮膚は固くなり、そして私の小指を胸に下げて弟は駆けていきます。飢えがしだいに私を苛み始めると、夢は昼夜を頒たず私を訪れるようになりました。弟が戻らないことはわかっていましたので、いっそ食べなければ早く楽になれたのでしょうが、乾いてぼろぼろのパンを私はできる限り引き伸ばして咀噛しました。飢えを味わうために食べたのです。腐った水を胃が受け付けずに吐くと、私は声をたてて笑いました。飢餓は光り輝く黄金のようでした。傷口が膿んで臭いたてる自分の体を発見し、皮袋を逆さにして最後にしたたる水滴を口に受け、窓に来た鳥を手で握り潰したこと、それらのすべてが私のほんとうに生きていることでした。世界は美しく、そして窓辺ではたくさんの歌が私の口から流れ出たのです。》

「おれは女王の庶子の馬」

謁見の間で黒馬が嘶く。

「だから」

と声が続けて言う。「本当の私はあの光り輝くまひるの塔で餓死したので、ここにいる私はほんとうは死んでいるのです」

玉座にはヴィーナスの彫像が座り、真蒼な顔の女王の庶子は眼を開けたまま深く眠っている。居心地わるく、われわれは退出の潮時を考える。

扉口で振りむく時、宮殿のあるじの顔を見てわれわれははっとする。大理石の彫像は胸に剣を立て、静かな影を足元に敷いて座っている。その唇は微笑しているが、あるかないかの線の移ろい、表情の微妙すぎるほどの照り翳りが、あるものをはっきりと表現している。じぶんの母を知る者ならばそれがわかる。

彫像は憤怒の表情を浮かべているのだ。

紫禁城の後宮で、ひとりの女が

紫禁城の後宮で、ひとりの女が紫檀の椅子に腰掛けている。床の甕には梅の枝、刺繍で縁取った花紋の袍《ほう》、顔よりも大きく結い上げた黒髪にゆらゆら揺れる絹の牡丹の花飾り。祖霊を祀る線香の煙が重たげにあたりを漂い、居並ぶ女官たちは濃く隈取った眼をけむたそうに眇《すが》めている。――一段下がった御簾《みす》の蔭の薄暗がりでは、その場に根を下ろした立像のような宦官たちが一部始終を黙って盗み見ている。かれらの背後には絶えずつきまとう生き物のような闇があり、過去に遡って数万人にも及ぶ宦官たちの存在がそこに凝り固まっているので、かれらは互いに見分けがたく似た顔に見える。眉の薄い顔に表情はなく、垂れ下がるまぶたの蔭で時おり剃刀の一閃のように視線が光る。かれらは数多い貴妃たちの誰かとそれぞれ密約を交わしており、ひとりずつが密偵の役目を帯びているのだ。

長い冬もそろそろ終わりかけて、火鉢の灰に活けられた炭が時おり呼吸するように赤く熾《おこ》る。

鈍く艶光りする椅子に腰掛けた女は、苛々とした動作で肘掛を握り締める。その手の十本の爪は、触れ合うとかさかさと乾いた音をたてるほど長く伸ばされており、先端は捩れて曲がっているほどだ。すべての指に飾られた宝玉の指輪は、もしも外そうとするならばたいへんな苦労を女官たちに強いることになるだろう。そうした種類の面倒な命令を受けないで済むように、女官たちは深く俯いてじぶんの沓《くつ》を見下ろしている。

「あたしは厠にゆきたいのだよ」

女がしまいに口を切る。「抱いて連れていっておくれ。あたしは歩けないのだから」

女官たちは懼れかしこまった身振りでますます俯き、細い顎のさきが胸元にめり込んでしまいそうになる。宦官たちは考え深げな様子でしなやかな指を組み合わせているが、実のところ何か考えているというわけではない。紫檀の椅子の女は柳の枝のようにほっそりとして、少しも筋肉のない躰つきであるにもかかわらず、何故か男たちが数人がかりで抱き上げようとしても持ち上がらないほど重いのだ。――

女は甲高い声をあげる。

「あたしを纏足させて育てたのはだれ？　おまえたち皆じゃないか。たとえ今は禁じられたことであろうと、誰よりも小さい足でいることがあたしの価値なのだと教えて育てたのはだれ？　堅い布で締め上げて、痛くて疼いて眠れないと泣いて訴えても聞かなかったのは？　夜のあいだにこっそり解いてしまわないよう、まだ子供のあたしを見張っていたのはだれ？」

御簾につかえるほど高く結い上げた髪と花簪《かんざし》を揺らめかせながら、女は言い募る。袘《ふき》の厚い重たげな絹の衣装がその喉から足元までを覆っているので、外に現われているのは化粧した顔と両手の爪だけだ。

「今になってじぶんの足で歩けと言われても、それはできないことだよ。あたしは歩かなくてもいいように育てられたのだから。はやく、抱いて厠まで連れていっておくれ。もう我慢ができないよ」

輿を担いだ十人あまりの下役の宦官たちが、回廊の奥からようやく現われる。そして煩雑な礼を済ませ、幾つもの段差を苦労して昇りながら近づいてくる。頭にひらたい傘型の帽子をかむり、胸に長い数珠の首飾りを垂らしたかれらは、輿の重さに黙って耐えている。その上方で、刺繡と長い房飾りとでずっしりと重い天蓋傘が不安定に揺れている。長い柄を支える少年が気息奄々としているのは、術後の回復が不十分なためだ。

「輿はいやだよ。あたしは荷物ではないのだから。厠にくらい、抱いて連れて行っておくれ」

女は我が儘を言うが、それ以上の我慢が続かないと考え、不承不承椅子から腰をあげる。四寸ばかりの布沓に包まれた足が裾に覗き、それは片方ずつを掌のひらに載せて握り隠せるほどの小ささだ。

英国人の老宣教師がひとり、ひどい違和感を覚えながら隅に立ってこの光景を眺めている。苦労して英語を教え込んだ通訳の青年がいるが、この場には同行できなかったのだ。そこで言葉を通過させずに、かれの眼はそこにあるものをあるがままに見ている。

線香の煙がまっすぐに立ちのぼっていく先の高い梁では、啓蟄もまだというのに、一匹の白蛇が鳥籠を狙ってゆるやかな動きで垂れ下がりつつある——立ちのぼる白煙は梁のつややかな木肌に触れ、柔らかくかたちを崩しながら暗い天井の方角へと消えていく。遠く神のひかりが遍在する麗しい国について、老いた英国人の思考はともすれば通い慣れた径《こみち》をさまようように引き戻されていく。黒檀の細木を精緻に組み合わせた鳥籠のなかには一羽の小綬鶏《こじゅけい》がいる、その鳥の眼は丸く無表情で、室内の全景を映しこんだ小さな黒い球形レンズのようだ。

支那絨毯の真ん中で、傾いた輿から投げ出された女が――じぶんの重さで立ち上がれずに――藻掻いている。紅い蕾のような唇をひらき、その場のあらゆる者たちをことばの限りに罵りながら。乾燥してねじれた十本の爪が生き物のように絨毯を掻き毟り、それはまるで宝玉で飾られた龍の手のようだ。その場の全員が、ほぼ居眠りに引き込まれつつある老宣教師を除いて同じことを考えている。不自由な躰で足掻きながら、手当たりしだい鷲掴みする貪欲な龍の手、と。

「あの女は、貴獣の一頭にひとしい重さを持っているのだ」

口もとから干した棗《なつめ》のような老臭を漂わせながら、ひとりの宦官が言う。

金属の表面を引っ掻くような鳥の悲鳴が、宮中の幾つもの部屋を斜めによぎっていく。

「——昔は雷雲を頭上に呼び寄せたにしても、今では地に堕ちた蜥蜴、泥中に沈んだ亀のようなものだよ」

ひとりの老いた女が、湯気のあがる盥に足を漬けながら独り言のように言う。高殿から遠く離れて、厨や使用人部屋に近いこのあたりの一郭は、簡素な中庭に面して物音がない。凍てつく空気の色を解きほぐすように、室内にもどこからかひっそりと梅の香が混じる。

「ああ、あたしのこの足は。痛むねえ。むすめの頃を過ぎて、布で巻くのをやめてから少しは痛みが和らぐかと思ったものだけれど、変形してしまった指にはもう血が通わないものだ。足指を内側に折り曲げて、布で巻き締めるだろう、すると指も爪も成長しないままねじくれてしまって、この有りさまだよ。ああ、もっとよく擦って暖めておくれ。血が少しでも通うように」

どこかでふつふつと湯玉の滾《たぎ》る音がつづき、黒衣の老婆は猫のように伸びをする。

「龍族のはなしを聞きたいのかい？　珍しいものではないよ、この大陸に住む者ならば、たいていがその血の幾分かを分かち持っている。何故なら誰でもが知るとおり、この大地こそが龍の血と肉であり、その鼓動と息吹が雨を降らせ穀物の実をむすぶのだから。時代とともに堕ちた蛇となろうとも、血の濃いものは確かにいた。あたしはそのひとりを知っていたよ」

足元に跪いて腕まくりをした小娘が、首をかしげるように捻って主人の顔を見上げる。女は黒ずんで欠けた歯を見せて笑う。

「知りたがりだね、子供のくせして！　差し湯を忘れず沸かしているのだろうね。忘れていたら酷いよ、覚えておいで——今では昔のことになったよ。その男は若くて美しく、野心も山っ気も十分という代物だった。宦官たちをひどく毛嫌いして、官僚どもに与していたがね。そうして女官に取り入るのは出世の常道、それはおまえもよく知っているだろう——夜になってその男が部屋に入ってくると、灯りがどの位置にあろうとも四面の壁に影が入り乱れた。物陰という物陰にさらさらと見えない鱗が触れあう気配が満ちた。まるでこの世のものではないようだった。そうした噂は女官たちの興味を惹くには充分だったし、あたしもこの眼で見たが、それはたしかに綺麗な男だったよ——眼が少し、普通ではなかった。たとえば日陰から急に日なたに出た時など、一瞬の変化で瞳がするどく収縮するのがはっきり分かるような感じがした。瞳の奥にもうひとつの隠された眼があるような……しかしあれはどこを見ているのか、いつもよく分からなかった――、雷雲を頭上に招くのは無理だったが、屋根瓦を一枚飛ばすことくらいはできた。この故宮の正面に立って、あたしの眼のまえでやってみせたことがあったからね。橙《だいだい》のいろをしたあの瑠璃瓦が高いところで一枚飛んで、ゆっくりと大きくなりながらこちらめがけて落ちてくるのをこの眼で見たよ――おまえにも見せてやりたかったね。白く輝く夏雲でいっぱいの空が、船を浮かべた大海原のようだった。吹き抜けていく南風が、気持ちよかったこと……」

「それからあたしは腹をたてることがあって、讒言《ざんげん》をした。男は宮刑に処せられた。あれほど見下していた宦官たちの手に下げ渡されたのだよ。手術のあとで金串を刺されて、熱い砂に肩まで埋められたとやら。たいした愁嘆場だったと聞くが、あたしは知らない。あたしもその後はいろいろとあって、この有りさまだからね……ところで、お聞き。衰退した血は暗いところへ沈む。沈んだ血は悪いところにあらわれる。これはあたしが祖父から聞いた本草学の教えにもあることだがね。その男は過酷な刑を生き延びた。しかし沈んだ血はたしかに悪いところにあらわれた。言っていることがよく分からないって？　悪いところ、つまり気の滞った場所、分かりやすいのは怪我をしたところとかだね」

ほほ、と笑って、「誰が見たのか知らないが、その男、なくしたものの代わりに、それは妙なものが生えたそうだよ。あたしに尋ねたって無駄だよ、見ていないんだから。でも聞いたはなしでは鱗があったとか」

どこかで湯玉の滾る音が続いて、ふと窓の外を見た老婆は、「おや、冷えると思ったら春の雪」と呟いた。


その夜の異変については証言する者も多々あり、それは冷え込みのせいで用足しに起き出す者が続出していたためでもあったのだが、最初の物音は後宮の奥間にある厠で起きた。只ならぬ地響きがあり、それは何度か続き、女官が何人か魂切るような声をあげながら暗い廊下に転げ出した。金切り声の女たちの悲鳴はあちこちに派生し、移動していく地響きがそのあとを追った。深夜、紫禁城のその一郭には、点々と灯りが増えていった。

後になって事後の様子を調べた者たちは、つややかな光沢を流す奥廊下の惨状を眼にしてたじろいだ。床板を踏み抜きながら続いていく、足跡らしきもの。なにか巨大なものがそこを通過していったのだ。ひと足ごとに床板を破壊しながら進んでいくその経路は、後宮を出て長い階段を昇り降りしながら太和殿の方角へと続いていた。特に損壊のはげしい木造階段が発見されたが、そこでは段の中央部がほぼ全壊して木っ端微塵になっていた。足跡の大きさが段の幅より大きいことから考えれば、その主はさぞやまともな歩き方ができなかったに違いない、そのように想像させるに十分な光景だった。取調べを受けた女官たちは、拷問をほのめかされるに及んでようやく口を割った。寒い厠で、業を煮やしたひとりがこう言ったのだ。「歩けるものなら歩いてごらん」

深夜から未明にかけて、現場を目撃した者たちの更なる証言は……

春の雪が積もった早朝、まだ薄暗い窓辺で、五歳の幼帝が故宮まえの広場を見下ろして微笑んでいる。気まぐれに絹の寝床を抜け出してここまでやってきたのだったが、見れば朝のこの時間から楽しげに遊んでいる者がいるのだ。子供はくつくつと声をあげて笑い、英国人の宣教師から与えられた気に入りの玩具をしっかりと抱きしめる。

眼下にどこまでも広がっていく石畳の広場は、いちめんの新雪に覆われてまばゆい雪原のよう。その中央に足跡を残しながら、黒髪を長く吹き流した女がひとり背を見せて遠ざかっていく。前に三本の鉤爪、後ろに一本の蹴爪を持つ足跡は、斜めに射しそめた朝日を浴びてくっきりと影を持つ。でたらめに腕を振り、雪を蹴散らし、歩くことを初めて知った幼児のように女の後ろ姿は踊る——むかし紫禁城の後宮で、ひとりの女が。

後記

「アンヌンツィアツィオーネ」　季刊「幻想文学」54号〈世界の終末〉特集＋山尾悠子小特集
「夜の宮殿と輝くまひるの塔」　季刊「幻想文学」55号
「紫禁城の後宮で、ひとりの女が」　季刊「幻想文学」67号〈東方幻想〉特集
「火の発見」　『山尾悠子作品集成』後記の付録として書いたもの

以上を除いて他は書き下ろしになります。

その昔、掌篇集を本にまとめたくて力及ばず叶わなかった経緯があり、今回の書き下ろしはかねての念願をかたちにするという方向で出発しました。ひとつだけ短篇の長さの「ドロテアの首と銀の皿」を入れることになってしまいましたが、大目

に見て頂ければと思います。

「ドロテアの首」は前作『ラピスラズリ』の落穂拾いのようなもの、「影盗みの話」は旧作『仮面物語』と『山尾悠子作品集成』収録の「ゴーレム」との差異についての話ということになりますが、特に気にせずに読んで頂ければ幸いです。最初のころに書いた「ゴルゴンゾーラ大王」からはや時間が経ってしまい、最近読んだ新聞記事によれば日本の蛙はツボカビと共存しているとやら、何とも心強い限りです。すべての蛙王朝の弥栄《いやさか》を心より願うものです。

＊　＊　＊

以上は単行本後記、ここから文庫版後記となります。思い返せば楽しく書いた愛着のある作品集ですので、文庫化でさらに多くのかたに読んで頂けることを願っています。私の創作はどうも読みづらいと言われることが多くて恐縮しているのですが、そのなかでは比較的お勧めしやすい本であるかとも思います。

この機会にごくわずかですが（主に「ドロテアの首と銀の皿」）手入れをしまし

た。「ドロテア」関連作の『ラピスラズリ』は現在ちくま文庫に入っていること、また「火の発見」関連作の「遠近法」「遠近法・補遺」もちくま文庫『増補・夢の遠近法』に収録されていることを付け加えておきます。『仮面物語』（徳間書店）は昔むかしの絶版本、『山尾悠子作品集成』は国書刊行会の現行本です。

国書刊行会版『歪み真珠』は名手・柳川貴代さんの手になる箱入り装丁の美麗さで名を馳せていますが、この度の文庫化では山下陽子さん＋佐野裕哉さんという『新装版　角砂糖の日』（LIBURAIRIE6）コンビにお世話になりました。山下陽子さんは解説を頂いた諏訪哲史さんの名著『領土』装画でもお馴染みのかたですので、ご縁の繋がりを感じます。

さいごにたいへんお世話になりました元本担当者の国書刊行会礒崎純一氏と文庫担当者の筑摩書房大山悦子氏に感謝を捧げます。ありがとうございました。

平成三十年年末　山尾悠子

解説　『歪み真珠』——綺想の結節点

諏訪哲史

十五の掌短編をおさめた本書のタイトル「歪み真珠」とは、ひろく知られるとおり「バロック」という美学的名称の原義とされることばだが、本書中におかれた粒ぞろいの作品群にかぎって見るなら、あの厳格な芸術様式上の「バロック」——畸形的なまでに華美で装飾過多の、もしくは複雑にすぎる病的な稠密性をほんらいの特質とした、見仰ぐわれわれを手もなく圧しつぶすような絢爛さ、すなわち、かのバロック的「荘厳」——そうした威風をほこるというよりはむしろ、それをより優美に、たおやかに洗練させた風情であり、細部に瀟洒なロカイユ紋様のふちどりを凝らした、さしずめ王室晩餐用の贅沢な小菓子《プティ・ガトー》然とした、気負いのない、すぐれてノンシャランな拵えで僕たち読者を魅惑する。

とはいえ、二十世紀後半、一九七〇年代から八〇年代に発表された山尾悠子の伝説的な初期作品群は、なるほど「たをやめ」らしさをあえて抑制した「ますらを」ぶる幾何学的峻厳さに満ち、意匠は豪奢をきわめ、同時に上質な意味における畸形性・綺想性をもただしくたずさえた、まさにバロックの伽藍と呼ぶにふさわしい趣きを呈していた。

この時代の力作を手厚くまとめた決定版的大著『山尾悠子作品集成』（国書刊行会・二〇〇〇年）から、わけても傑作と銘打つべき作品をいくつか、僭越ながら僕個人の独断と偏見だけで選び、さらに、大きく二つの領域にカテゴライズすればこのようになる。

Ⅰ「夢の棲む街」「童話・支那風小夜曲集」

Ⅱ「遠近法」「黒金《こっきん》」「傳説《でんせつ》」

いうまでもなく、この二領域の作品それぞれが、相互に範疇を侵し合い、境界を跳び越えて、常に自在なクロスオーバーに身をまかせている。

　このうち、Ⅰの領域の作品群には、作者らしい個性的なイマジネーションと寓話的嗜好が縦横に展開、すでに独壇場の感があり、いずれの作品にも余人のなまなかな批評を宥《ゆる》さぬ美的なこだわりがある。初期からの山尾ファンのうちでも特にＳＦやファンタジー、いわば物語性の高い小説を好む読者の推挙する作品の多くがおそらくはここにふくまれる。これらの作品群は概して筆遣いが軽やかで、ときに地の文中に会話体が織り込まれ、語りにスピード感があり、文体的自由度も高い。本書『歪み真珠』において、この領域Ⅰにふくまれる作品は、私見によれば「マスクとベルガマスク」、「アンヌンツィアツィオーネ」、そして「夜の宮殿の観光、女王との謁見つき」などである。

「マスクとベルガマスク」では、両性具有的な世にも美しい双生児のふたりが舞台のあとに相抱擁し、〈白タイツの二対の脚は軽やかに五線譜のみちを辿って空白に出〉て、〈「ここはどこ。何も見えない」／「古い音楽のなか。僕らはその登場人物だから」〉という詩のような、幻想的な会話を交わす。

「夜の宮殿の観光、女王との謁見つき」で誰の眼にも印象的な綺想と映るのは、女王の口から洩れる、〈わたくしはね、大理石の糞をするのよ〉という圧倒的な科白である。「大理石の糞」という清廉なイマージュ、この凝縮された詩的な語感だけで、幻想小説がもう一編生まれても不思議ではない。あまりにも気高い、すぐれたエスプリがここにある。

「アンヌンツィアツィオーネ」。受胎告知の天使が空を飛んでゆくのを眼にした夜、少女が寝室で〈編んだ髪をほどくとそこからは必ず数片の白い羽毛がこぼれ出した〉。この箇所を読んだ刹那、僕はただちに山尾悠子のデビュー作「夢の棲む街」の、あの美しい数行を想起した。〈白い羽毛は夜の街路と屋根屋根に降りつみ、街全体を養鶏場の床のように見せ、夜明けまでに街は羽毛蒲団《ぶとん》を解《ほど》いた後のようになる〉。幾十年の星霜を数えても厳と変わらぬ山尾悠子の美的嗜好の一端が、期せずしてこうした細部にかいまみられる。

領域Ⅱ、として挙げた作品群も、多くはⅠと様式的もしくは文体的な共通点が多く、ほんとうをいえばそれのみでは双方を厳密には分かちがたい。ただ、このⅡに分類される小説の生み出され方には、きわめて「禁欲的」な作家的態度が秘められ、ごく個人的に、僕自身が創作をはじめた昔からずっと持ちつづけてきた方法意識と非常に近いという勝手な実感があり、この点ゆめゆめ忽《ゆるが》せにできぬところがある。

領域Ⅱとは、ユング流の性差的隠喩をもちいるなら、目元の涼やかな、横顔の凜々しい、美しい青年の相貌をした小説群——硬質な文体の作品群であり、仮にⅠをアンドロギュノスの天使たる山尾悠子の少女性・女性性の一面であるとすれば、Ⅱとは少年性・男性性のそれといえるかもしれない。

本書中でこのⅡの領域に入る作品は、「美神の通過」、「向日性について」、「火の発見」などだ。また、これはⅠの要素も併せ持つ条件で、どこかガルシア＝マルケスのマジック・リアリズム短編をおもわせる綺想譚「娼婦たち、人魚でいっぱいの海」も数えられる。

逆説めいた言い方をすれば、Ⅱの小説群には「本文より前に挿画がある」。永劫に静止しつづける腐蝕銅版の挿画、または装画。幻視——天啓としてのヴィジョン、静止した神話、いずれなんらかの絵画的な対象が確乎として先にあり、その画の世界を、細密かつ詩的な描写力で言語化してゆく。多くの山尾作品でこうした秘儀が人知れず執りおこなわれ、まるで石に彫りつける文字のような、あの独特な錬金術的文体がかたちづくられる。

如実な例として本書所収の「美神の通過」は、英国の画家バーン・ジョーンズの同題の絵画作品からイメージしたものであることが作品末尾に書き添えられている し、山尾悠子のこうした視覚的な霊感はかつて傑作「遠近法」のインスピレーションを、十五世紀にマンテーニャが描いたドゥカーレ宮殿のフレスコ天井画の名高いだまし絵《トロンプ・ルイユ》、すなわち「まるで丸天井ごしに露天の空や雲が筒抜けに見える円筒型の窓際から天使たちが下界を覗き込んでいるように見える画」から得た経緯とも共通する。「遠近法」が一見「バベルの図書館」と通底するように読めるのはたんに、ボルヘス自身も昔この有名な画を見たからというにすぎまい。「遠近法」の味わいは別物である。また、旧作「黒金」も作家アラン・ロブ＝グリエの短編「秘密の部屋」経由での画家ギュスターヴ・モローの絵画世界をモチーフにしたものであり、ことほど左様、領域Ⅱの小説世界では原則すべての時間は絵画のように「静止」している。かつて詩人西脇順三郎が、西欧の彫像の素朴な静寂のさまを〈石に刻まれた眼は永遠に開く〉（「眼」）と書き、物語の時間変遷よりも、彫刻的に凝固した象徴世界を愛でたように、僕なども、昔から絵画的な徹底した外面描写小説を非常に好み、二十代にはそれらの実践であるフランスのアンチ・ロマンの小説群を多く渉猟した。たんに嗜好の問題だが、僕はビュトールやサロートやデュラス以上に、ロブ＝グリエとクロード・シモンを別格に好む。まして彼らの翻訳が出されたと同時代の山尾悠子がそれらの影響を受けぬはずはない。「黒金」のみならず、連作『ラピスラズリ』の「栞／額」構造を成す劈頭編「銅版」における深夜の画廊の三枚の絵、ここから内側へ小説世界を開くスタイリッシュな多重性も、どこかクロード・シモンの香りをかんじさせるものがある。

本書中「火の発見」は、「遠近法」「遠近法・補遺」など山尾自身によって「腸詰宇宙」と称された円筒型架空世界の連作に加わるもので、出自からもむろんⅡに位置づけられるが、重要なのは、この掌編執筆で山尾悠子の主題にまさに「火」が発見され、それが近年の力作、先年泉鏡花文学賞も受賞した『飛ぶ孔雀』という「火」にまつわる作品へ結実することである。かつてガストン・バシュラールは四大の一つとしての「火」のイマージュについて、〈焔は上に向って流れる砂時計である。崩れ落ちる砂よりも一層軽く、あたかも時自身がつねになにか為すべきことをもってでもいるかのように、焔はその形態を築きあげている〉と書いたが（『蠟燭の焔』澁澤孝輔訳）、同様に山尾の描く「火」も、手触りのある「物質的想像力」の賜物に相違あるまい。

最後に僕が声高に激賞しておきたい本書の掌編が「向日性について」である。僕の読み違いでなければ、この小品こそは、山尾悠子の歴代の傑作群中に置いても一歩も引けをとらぬ最高峰の作品である。本書では「娼婦たち、人魚でいっぱいの海」も高度な文体と綺想を有しているが、「向日性について」に描かれた架空世界の詩的完成度の高さは瞠目に値する。〈玩具のようなロープウェイのゴンドラが山肌を循環するその都市《まち》〉、〈山手で撒いたきららかな水がどこまでも伝い落ちてゆく果てには港祭りの紙吹雪の絶え間がなかった〉など不思議な郷愁さえただよわせる描写や、日をうける「実体」とは別に、大地に二次元に横たわる「影たち」の奇妙な存在感――山尾悠子の真骨頂というべきである。

掌編集とは言い条、本書は、前世紀に書かれた作品群の粋と、今世紀、これ以降に書かれる新たな山尾作品とをつなぐきわめて重要なミッシング・リンクであり、美しく引き絞られた鯨骨のコルセットのくびれ部、否、硝子の砂時計のしなやかな結節点なのである。

（すわてつし・作家）

本書は二〇一〇年二月二十五日、国書刊行会より刊行されました。

新版 思考の整理学　外山滋比古

「東大・京大で1番読まれた本」で知られる〈知のバイブル〉の増補改訂版。2009年の東京大学での講義を新収録し読みやすい活字になりました。

質問力　齋藤孝

コミュニケーション上達の秘訣は質問力にあり！これさえ磨けば、初対面の人からも深い話が引き出せる。話題の本の、待望の文庫化。（斎藤兆史）

整体入門　野口晴哉

日本の東洋医学を代表する著者による初心者向け野口整体のポイント。体の偏りを正す基本の「活元運動」から目的別の運動まで。（伊藤桂一）

命売ります　三島由紀夫

自殺に失敗し、「命売ります。お好きな目的にお使い下さい」という突飛な広告を出した男のもとに、現われたのは？（種村季弘）

こちらあみ子　今村夏子

あみ子の純粋な行動が周囲の人々を否応なく変えていく。第26回太宰治賞、第24回三島由紀夫賞受賞作。書き下ろし「チズさん」収録。（町田康／穂村弘）

ベルリンは晴れているか　深緑野分

終戦直後のベルリンで恩人の不審死を知ったアウグステは彼の甥に訃報を届けに陽気な泥棒と旅立つ。歴史ミステリの傑作が遂に文庫化！（酒寄進一）

向田邦子ベスト・エッセイ　向田邦子　向田和子編

いまも人々に読み継がれている向田邦子。その随筆の中から、家族、食、生き物、こだわりの品、旅、仕事、私……、といったテーマで選ぶ。（角田光代）

倚りかからず　茨木のり子

もはや／いかなる権威にも倚りかかりたくはない……話題の単行本に3篇の詩を加え、高瀬省三氏の絵を添えて贈る決定版詩集。（山根基世）

るきさん　高野文子

のんびりしていてマイペース、だけどどっかヘンテコな、るきさんの日常生活って？　独特な色使いが光るオールカラー。ポケットに一冊どうぞ。

劇画 ヒットラー　水木しげる

ドイツ民衆を熱狂させた独裁者アドルフ・ヒットラーとはどんな人間だったのか。ヒットラー誕生からその死まで、骨太な筆致で描く伝記漫画。

ねにもつタイプ　岸本佐知子
何となく気になることにこだわる、ねにもつ。思索、奇想、妄想はばたく脳内ワールドをリズミカルな名短文でつづる。第23回講談社エッセイ賞受賞。

TOKYO STYLE　都築響一
小さい部屋が、わが宇宙。ごちゃごちゃと、しかし快適に暮らす、僕らの本当のトウキョウ・スタイルはこんなものだ！　話題の写真集文庫化！

自分の仕事をつくる　西村佳哲
仕事をすることは会社に勤めること、ではない。仕事を「自分の仕事」にできた人たちに学ぶ、働き方のデザインの仕方とは。（稲本喜則）

世界がわかる宗教社会学入門　橋爪大三郎
宗教なんてうさんくさい!?　でも宗教は文化や価値観の骨格であり、それゆえ紛争のタネにもなる。世界宗教のエッセンスがわかる充実の入門書。

ハーメルンの笛吹き男　阿部謹也
「笛吹き男」伝説の裏に隠された謎はなにか？　十三世紀ヨーロッパの小さな村で起きた事件を手がかりに中世における「差別」を解明。（石牟礼道子）

増補　日本語が亡びるとき　水村美苗
明治以来豊かな近代文学を生み出してきた日本語が、いま、大きな岐路に立っている。我々にとって言語とは何なのか。第8回小林秀雄賞受賞作に大幅増補。

子は親を救うために「心の病」になる　高橋和巳
子は親が好きだからこそ「心の病」になり、親を救おうとしている。精神科医である著者が説く、親子という「生きづらさ」の原点とその解決法。

クマにあったらどうするか　姉崎等　片山龍峯
「クマは師匠」と語り遺した狩人が、アイヌ民族の知恵と自身の経験から導き出した超実践クマ対処法。クマと人間の共存する形が見えてくる。（遠藤ケイ）

脳はなぜ「心」を作ったのか　前野隆司
「意識」とは何か。どこまでが「私」なのか。死んだら「心」はどうなるのか。――「意識」と「心」の謎に挑んだ話題の本の文庫化。（夢枕獏）

しかもフタが無い　ヨシタケシンスケ
「絵本の種」となるアイデアスケッチがそのまま本に。くすっと笑えて、なぜかほっとするイラスト集です。ヨシタケさんの「頭の中」に読者をご招待！

教科書で読む名作
羅生門・蜜柑ほか　芥川龍之介
表題作のほか、鼻／地獄変／藪の中など収録。高校国語教科書に準じた傍注や図版付き。併せて読みたい名評論や「羅生門」の元となった説話も収めた。

現代語訳 舞姫　森鷗外　井上靖訳
古典となりつつある鷗外の名作を井上靖の現代語訳で読む。無理なく作品を味わうための語注・資料を付す。原文も掲載。監修＝山崎一穎

こころ　夏目漱石
友を死に追いやった「罪の意識」によって、ついには人間不信にいたる悲惨な心の暗部を描いた傑作。詳しく利用しやすい語注付。（小森陽一）

続 明暗　水村美苗
もし、あの『明暗』が書き継がれていたとしたら……。漱石の文体そのままに、気鋭の作家が挑んだ話題作。第41回芸術選奨文部大臣新人賞受賞。

今昔物語（日本の古典）　福永武彦訳
平安末期に成り、庶民の喜びと悲しみを今に伝える今昔物語。訳者自身が選んだ155篇の物語は名訳を得て、より身近に蘇る。（池上洵一）

恋する伊勢物語　俵万智
恋愛のパターンは今も昔も変わらない。恋がいっぱいの歌物語の世界に案内する、ロマンチックでユーモラスな古典エッセイ。（武藤康史）

百人一首（日本の古典）　鈴木日出男
王朝和歌の精髄、百人一首を第一人者が易しく解説。現代語訳、鑑賞、作者紹介、語句・技法を見開きにコンパクトにまとめた最良の入門書。

樋口一葉 小説集　樋口一葉　菅聡子編
一葉と歩く明治。作品を味わうと共に詳細な脚注・参考図版によって一葉の生きた明治を知ることのできる画期的な文庫版小説集。

尾崎翠集成（上・下）　尾崎翠　中野翠編
鮮烈な作品を残し、若き日に音信を絶った謎の作家・尾崎翠。時間と共に新たな輝きを加えてゆくその文学世界を集成する。

川三部作
泥の河／螢川／道頓堀川　宮本輝
太宰賞「泥の河」、芥川賞「螢川」、そして「道頓堀川」と、川を背景に独自の抒情をこめて創出した、宮本文学の原点をなす三部作。

品切れの際はご容赦ください

おまじない　西加奈子

さまざまな人生の転機に思い悩む女性たちに、そっと寄り添ってくれる、珠玉の短編集、いよいよ文庫化！　巻末に長濱ねると著者の特別対談を収録。

通天閣　西加奈子

このしょーもない世の中に、救いようのない人生に、ちょっぴり暖かい灯を点す驚きと感動の物語。第24回織田作之助賞大賞受賞作。（津村記久子）

沈黙博物館　小川洋子

「形見じゃ」老婆は言った。死の完結を阻止するために形見が盗まれる。死者が残した断片をめぐるやさしくスリリングな物語。（堀江敏幸）

注文の多い注文書　小川洋子　クラフト・エヴィング商會

バナナフィッシュの耳石、貧乏な叔母さん、小説に隠された〈もの〉をめぐり、二つの才能が火花を散らす。贅沢で不思議な前代未聞の作品集。（平松洋子）

図書館の神様　瀬尾まいこ

赴任した高校で思いがけず文芸部顧問になってしまった清（きよ）。そこでの出会いが、その後の人生を変えてゆく。鮮やかな青春小説。（山本幸久）

僕の明日を照らして　瀬尾まいこ

中2の隼太に新しい父が出来た。優しい父はしかしDVする父でもあった。この家族を失いたくない！　隼太の闘いと成長の日々を描く。（岩宮恵子）

星間商事株式会社社史編纂室　三浦しをん

二九歳「腐女子」川田幸代、社史編纂室所属。恋の行方も友情の行方も五里霧中。仲間と共に「同人誌」を武器に社の秘められた過去に挑む!?（金田淳子）

ラピスラズリ　山尾悠子

言葉の海が紡ぎだす、〈冬眠者〉と人形と、春の目覚めの物語。不世出の幻想小説家が20年の沈黙を破り発表した連作長篇。補筆改訂版。（千野帽子）

聖女伝説　多和田葉子

少女は聖人を産むことなく自身が聖人となれるのか？　著者の代表作にして性と生と聖をめぐる少女小説の傑作がいま蘇る。書き下ろしの外伝を併録。

ピスタチオ　梨木香歩

棚（たな）がアフリカを訪れたのは本当に偶然だったのか。不思議な出来事の連鎖から、水と生命の壮大な物語「ピスタチオ」が生まれる。（管啓次郎）

包帯クラブ　天童荒太
傷ついた少年少女達は、戦わないかたちで自分達の大切なものを守ることにした。生きがたいと感じるすべての人に贈る長篇小説。大幅加筆して文庫化。

つむじ風食堂の夜　吉田篤弘
それは、笑いのこぼれる夜。――食堂は、十字路の角にぽつんとひとつ灯をともしていた。クラフト・エヴィング商會の物語作家による長篇小説。

虹色と幸運　柴崎友香
珠子、かおり、夏美。三〇代になった三人が、人に会い、おしゃべりし、いろいろ思う一年間。移りゆく季節の中で、日常の細部が輝く傑作。（江南亜美子）

変《か》半《わり》身《み》　村田沙耶香
孤島の奇祭「モドリ」の生贄となった同級生を救った陸と花蓮は祭の驚愕の真相を知る。悪夢が極限まで疾走する村田ワールドの真骨頂！（小澤英実）

君は永遠にそいつらより若い　津村記久子
22歳処女。いや「女の童貞」と呼んでほしい――。日常の底に潜むうっすらとした悪意を独特の筆致で描く。第21回太宰治賞受賞作。（松浦理英子）

アレグリアとは仕事はできない　津村記久子
彼女はどうしようもない性悪だった。すぐ休み単純労働をバカにし男性社員に媚を売る。大型コピー機とミノベとの仁義なき戦い！（千野帽子）

さようなら、オレンジ　岩城けい
オーストラリアに流れ着いた難民サリマ。言葉も不自由な彼女が、新しい生活を切り拓いてゆく。第29回太宰治賞受賞・第150回芥川賞候補作。（小野正嗣）

星か獣になる季節　最果タヒ
推しの地下アイドルが殺人容疑で逮捕!? 僕は同級生のイケメン森下と真相を探るが――。歪んだピュアネスが傷だらけで疾走する新世代の青春小説！

とりつくしま　東直子
死んだ人に「とりつくしま係」が言う。モノになってこの世に戻れますよ。妻は夫のカップに弟子は先生の扇子になった。連作短篇集。（大竹昭子）

ポラリスが降り注ぐ夜　李琴峰
多様な性的アイデンティティを持つ女たちが集う二丁目のバー「ポラリス」。国も歴史も超えて思い合う気持ちが繋がる7つの恋の物語。（桜庭一樹）

ちくま文庫

歪《ゆが》み真珠《しんじゅ》

二〇一九年三月十日　第一刷発行
二〇二四年十月十日　第三刷発行

著　者　山尾悠子（やまお・ゆうこ）
発行者　増田健史
発行所　株式会社　筑摩書房
東京都台東区蔵前二―五―三　〒一一一―八七五五
電話番号　〇三―五六八七―二六〇一（代表）
装幀者　安野光雅
印刷所　信毎書籍印刷株式会社
製本所　株式会社積信堂

ISBN978-4-480-43579-8　C0193